MAGNUS CHASE AND THE GODS OF ASGARD

阿斯嘉末日

瓦爾哈拉指南

雷克・萊爾頓 Rick Riordan◎著
周怡伶、王心瑩◎譯

遠流

獻給所有英靈戰士
願你證明你值得成為瓦爾哈拉的一份子

阿斯嘉末日

【目錄】

瓦爾哈拉指南

MAGNUS CHASE AND THE GODS OF ASGARD

阿斯嘉末日

瓦爾哈拉指南

瓦爾哈拉旅館經理的話

親愛的貴客：

在此謹代表全體職員，歡迎您下榻瓦爾哈拉旅館。我們了解，其實您死後還有其他選擇。很感謝您因無私的犧牲奉獻成為奧丁欽點的戰士，引領您來到這裡，而不是去了別的地方。

身為英靈戰士，您將遇到許多威力強大的天神、魔法精靈與奇幻的生物。您可能會對此產生一些疑惑，您可以來詢問我。事實上，如果超過一千年的經驗是一種指標，那麼您一定會來問我的。當然，身為這間優質旅館的經理，我很願意回答您的問題。不過，在您打電話來櫃檯前，如果能先看過這本指南，我會更加樂意，畢竟我有整棟旅館需要打理啊。

這本書裡有深入人心的訪談、妙趣橫生的故事、不為人知的內幕以及隨興的評論，讓您窩在自己房裡就能探索我們這幾個世界中的居民生活。也許您一邊讀就一邊想到，自己的英雄事蹟是不是有可能出現在這本書❶未來的版本中。不知道您的功績是否能為您贏得一個令人嚮往的領主桌位？也或許他們還不夠滿意，只賞給您一個隨從的角色，伺候那些回應奧丁召喚的人？如果是前者，我會是第一個歡迎您的人，因為我本人就是個領主；如果是後者，請找門衛杭汀討論一下您的工作責任範圍。

不過呢，現在您就先坐定，好好放鬆並享受一下正在進行中的死亡、每日的復活，以及在這家旅館永恆的滯留吧。

赫爾吉

自公元七四九年開始任職的瓦爾哈拉旅館經理

❶所有出版品之營收全部歸屬於瓦爾哈拉旅館。

這些世界裡有什麼？

文／杭汀
（自公元七四九年開始任職的瓦爾哈拉旅館門衛）

老實說，我不太擅長寫字，所以不太情願為這本書寫任何東西。不過赫爾吉要我寫，他怎麼說我就必須怎麼做，因為……唉，那是另一段故事了。也許某一天我會把這故事寫下來，但也可能不會。

其實我不能向你透露我們住在哪裡。我們住在一棵樹上，這棵樹真的很大很大，它叫做尤克特拉希爾。它有個名字是因為它很重要；所有重要的東西都有名字，但我不知道這是誰取的。說到這，其實不管哪樣東西的名字我都不知道是誰取的。是不是有哪個天神專門做這件事啊？

尤克特拉希爾又叫「世界之樹」，不只是因為這樣比較好唸，而且也完全描述到重點，因為這棵樹的枝幹撐著九個世界，分別是：阿斯嘉、華納海姆、米德加爾特、亞爾夫海姆、約頓海姆、尼德威阿爾、穆斯貝爾海姆、尼福爾海姆、赫爾海姆。我剛進這個旅館工作時，都記不住這些名字，於是我想出一個辦法，那就是先背第一個字：**阿華米亞約尼穆尼赫**。「阿」就是阿斯嘉，「華」就是華納海姆，以此類推，懂了吧？你也可以使用我想出來的這個特殊句子，只要給我巧克力做為回報就可以了。

現在，來解釋一下每個世界吧：

阿斯嘉：這是阿薩神族居住的地域，他們都是男戰神和女戰神，像是奧丁、索爾、弗麗嘉等等，他們住在以金銀等高貴材料打造的宮殿裡。瓦爾哈拉旅館則是英靈戰士死後的美好居所，而英靈戰士是奧丁麾下的永恆軍隊，也屬於這個世界。

華納海姆：華納神族居住的地方。華納神族是代表自然的天神，所以這個世界氣候溫暖、陽光普照，到處是綠油油的草原。弗爾克范格也在這個地域裡，它等於是嬉皮版的瓦爾哈拉。統治弗爾克范格的是華納神族的女神弗蕾亞，她從色斯靈尼爾這個宮殿中發號施令，這宮殿又稱「多座位大廳」，是一艘上下顛倒、由黃金和白銀打造的船。

米德加爾特：如果你是人類，這裡就是你以前居住的地方。米德加爾特掛在世界之樹的樹幹上，和阿斯嘉之間以彩虹橋相通。這是一座非常巨大的橋，由一道彩虹構成。美國麻州的波士頓非常靠近世界之樹的樹幹，所以從波士頓可以很方便進出其他世界。

亞爾夫海姆：精靈的家。亞爾夫海姆和米德加爾特很像，只是這裡住的是精靈不是人類，而且這裡沒有夜晚。這個世界是由華納神族的天神弗雷統治。亞爾夫海姆有點像高級社區，所以來這個地方一定要表現得體，不然可能會被逮捕，被捕的原因可能很多，例如閒晃、侵犯別人土地，或其他種種……你知道的，反正就因為你不是精靈。

約頓海姆：這裡是約頓居住的世界，約頓就是巨人。這裡主要是山區，降雪很多，河流和湖泊都是半結冰狀態，此外就只有巨人。巨人很大隻，不太會注意自己的腳踩在哪裡，所以來到約頓海姆要小心一點，我有不只一個朋友被踩扁在巨人的靴子下。

尼德威阿爾：侏儒居住的地底世界，這個地方又冷又暗，因為唯一的自然光來自一種發亮的特殊苔蘚。這裡的建築物也灰灰暗暗的，不過房子裡面的每件家具都是獨一無二的，因為侏儒是技藝精湛的工匠。如果你想挑個紀念品，例如神奇鎚子或是可折疊的船，那你要準備多一點錢才行。侏儒會收黃金、各種通用信用卡，以及你的頭（如果你跟他們打賭輸了的話）。尼德威阿爾有個區域叫做「黑精靈海姆」，也就是黑精靈居住的土地，不過這裡不是分開的獨立世界，而且黑精靈其實也不是精靈，他們是具有華納神族血統的侏儒，因為他們是弗蕾亞的後代。（這是個很長的故事。弗蕾亞不是很願意談這件事。）

穆斯貝爾海姆：這裡是火巨人和惡魔的居住地。想像一下太陽表面上住著脾氣暴躁、手持重裝武器、全身著火的人。火巨人之王史爾特掌管並統治這個世界，而且他不喜歡訪客。你最好離這裡遠一點。

尼福爾海姆：這個世界不太適合造訪，此地氣候嚴寒，籠罩著迷霧、冰與濃霧。霜巨人住在這裡。如果你的冷凍庫空間不夠，這裡倒是儲存肉類或玩冰雕的絕佳場所。不過，這裡的夏天最高溫大約是攝氏零下三十四度，要是我的話就會穿暖一點。

赫爾海姆：死後不去瓦爾哈拉或是弗爾克范格的人，最後就會來到這裡。此地又冷又黑而且毫無生物，到處都是老死或病死的悲慘靈魂。要來到這裡，你必須順著一條結冰的路，進入黑漆漆的死亡之谷，通過一座由一個女巨人看守的鐵橋跨越吉歐爾河，再找路通過屍骸之牆，最後抵達赫爾的大廳，赫爾就是掌管不名譽死者的女神。在赫爾大廳，不論早餐、午餐、晚餐的內容都是饑荒、挨餓以及悲慘。這樣說吧，赫爾海姆很難在九個世界中登上旅遊目的地首選。

其他幾個景點：世界之樹尤克特拉希爾的根部是一個神奇的知識之井，看守者是古老天神密米爾（或至少是密米爾的頭，因為他就只剩下一個頭）。如果從井裡取水喝，你就能學習到重要的東西。不過，要喝那口井的井水，必須付費給密米爾，價格不便宜。這方面你還是問奧丁好了。（要是我的話會等到他心情好的時候再問。）

在各個世界之間旅行是被允許的，不過還是有某些限制。不過有個地方不可以去，那就是代表虛空的萬丈深淵，叫做金崙加深溝。真實的故事是：很久很久以前，什麼東西都沒有的時候，尼爾福海姆的冰霧擴散到金崙加深溝，和從穆斯貝爾海姆燒過來的火碰在一起。不用想也知道，冰霧融化了。有些水滴變成龐大的巨人，名叫尤彌爾。經過幾代之後，奧丁和他的兄弟威利與菲殺了尤彌爾，把他的身體各部分變成米德加爾特的海洋、天空、土地及植物。從那時開始，巨人就很痛恨眾神。這個故事給我們的教訓是：千萬不要去金崙加深溝。我們永遠不知道去那裡會發生什麼事。

男神與女神們

文／杭汀

又是我啦。你以為我寫了一篇九個世界介紹文就可以交差嗎？顯然，我們彼此都想錯了。

好吧，來談談男神與女神們。這些神靈滲透在我們宇宙中所有的層面。天神分屬兩個部族，不是阿薩神族就是華納神族。阿薩神族都是戰神，居住在阿斯嘉，執掌絕大多數的律法及秩序。他們以戰役來捍衛這些律法和秩序，透過迅速且通常很致命的正義系統來維護，然後偶爾用惡作劇、愚弄及犯罪來破壞這些律法及秩序。他們非常看重忠誠、榮譽，以及「為正當性而戰」的情操，勝過一切（尤其是在惡作劇、愚弄及犯罪的時候）。和阿薩神族相處最棒的時刻就是在戰場上，他們一定會挺你到底。和阿薩神族相處最糟的，就是和他們一起喝蜜酒的時候，他們總是髒話滿天飛，而且，哇嗚，阿薩神族講的某些髒話難聽到會讓你耳朵流血。

華納神族的個性比較平和，掌管萬事萬物的自然面，例如繁殖、季節、作物生長之類的，他們在居住地華納海姆處理這些事，並且欣賞愉悅、輕鬆平靜的事物，以及做工精緻的流蘇包包。

不過，華納神族不完全是和平主義者。就拿阿薩神族和華納神族的戰爭來說吧。根據歷史記載，這場戰爭的起因是華納海姆的一個女巫，有人說是弗蕾亞本人。這位女巫到各個世界表演精靈幻術，或稱為精靈魔法。她在阿斯嘉為奧丁及其他眾神獻上一場表演。阿薩神族非常驚豔於這位女巫的神力，最後才明白原來是被她利用了；她要的其實是眾神的黃金。（弗蕾亞，我無意冒犯，但是大概就是因為你太愛黃金了，人家才會謠傳你就是那個女巫。）

阿薩神族很氣女巫這麼貪心，所以就做了一件合乎邏輯的事：把她燒了，而且還燒三次。每一次，她都毫髮無傷地從火焰中現身。最後她也受夠了，回到華納海姆，為這次的阿斯嘉之旅給出一顆星的劣評，然後，戰事就爆發了。

沒有人知道這兩個神族打了多少年的仗，不過最後雙方都累了，不想再打，宣布停戰。為了達成停戰協議，他們決定交換天神當人質，弗蕾亞、弗雷和這兩兄妹的爸爸，也就是華納海姆的尼奧爾德，與阿斯嘉的密米爾及海尼爾交換。我會說，這個安排結果還可以，但是我想密米爾不會同意我的看法，因為他對華納神族太過莽撞無禮，所以頭就被砍下來了。後來弗蕾亞是怎麼回到華納海姆掌理弗爾克范格，這一點大家都只能猜測。

不過，從這件事你就看得出端倪了吧。他們根本是按照自己的規則在玩的。說到這裡，請繼續看下去，你就會更了解北歐這些神祇。

奧丁

類別：天神

所屬世界：阿斯嘉

外貌：歷盡滄桑的戰士。全身肌肉發達，胸肌隆起。灰色頭髮理成平頭，鬍子也修成方正的形狀。左眼戴眼罩，右眼深藍色。流露出力量及智慧。

家庭關係：與女神弗麗嘉結婚，是許多孩子的父親，包括天神巴德爾。

著名事蹟：他是眾神之父、天神之王、戰爭、死亡、詩歌及智慧之神，掌管瓦爾哈拉，在這裡接收了大半勇敢戰死的戰士靈魂，讓他們成為英靈戰士。他能夠變形，會持續不斷尋求新知，而且常常找頭與身體分開的智者密米爾尋求建議。奧丁寫了許多本書，包括他的最新著作《七種英雄特質》。

最愛的武器：奧丁常常帶著他的長矛「岡尼爾」。（我說過這裡只要是重要東西都有個名字。）

動物夥伴：奧丁身邊常伴隨著兩匹狼，傑利及菲瑞基，還有渡鴉修金及穆寧。渡鴉會從米德加爾特各地帶訊息回來給奧丁。他的坐騎是一匹八條腿的飛馬斯雷普尼爾，牠能飛越天空也能進入冥界。

與奧丁的一席訪談

文／斯諾里・斯圖魯松
（自公元一二四一年起成爲瓦爾哈拉旅館住客）

我身為一個作家、歷史學家，偶爾當當詩人，還是個光榮戰死的武士，很榮幸能在過去幾世紀和我們的眾神有許多次交談的機會。這些談話內容成為我的書《散文埃達》（*The Prose Edda*）的基礎（請上網或至較好的書店選購）。書中內容包括解釋我們最有名的「神話」，以及深度透視我們這些知名的英雄。赫爾吉告訴我，他要在旅館每個房間放一本我們的世界指南，我以為他說的是我寫的《散文埃達》，但顯然他想找的是更具現代感的東西。他問我能不能推薦誰來訪問我們的高層天神。不用說，他一定是認為我來做這件事大材小用，不過其實我覺得有機會能和天神一對一談話也很不錯。我第一次和天神對談，對象當然得是眾神之父奧丁啊。我原先建議的見面地點是奧丁的王座「里德史卡夫」，不過後來卻是在米德加爾特一家偏僻寒酸的咖啡館裡。

（編註：斯諾里．斯圖魯松過去在精確性方面有些爭議。為了確保本書的記錄不會出現同樣的問題，特派一位渡鴉書記陪同他出席這些訪談，因此記錄稿中除了談話本身，也包含了客觀的評論與側記。）

斯諾里．斯圖魯松：感謝陛下願意接受我的訪談。相信讀者們對您所說的話一定非常感興趣。

奧丁：可能吧。

斯：我可以問您第一個問題嗎？

奧：你已經問了。

斯（笑開）：噢，您抓到我的語病了！真是既明智又幽默，兩者兼備啊！還是回來問問題吧。奧丁，請您親自描述一下……被打掉一隻眼睛的感覺是什麼？

奧（爽朗）：斯諾里，我的眼睛不是被打掉的，是我自己用手指頭挖出來的。

斯（臉色發青）：是……是這樣啊。那麼，呃，那是什麼感覺？

奧：不太好玩。不過我用眼睛交換到一樣有價值的東西。

斯：是什麼呢？

奧：就是這個超酷的眼罩。

斯：噢。沒別的了嗎？

奧：喔，我還從尤克特拉希爾根部的知識之井喝到一口水。密米爾，就是那顆長相嚴肅的頭，是他親自給我的。

斯（讚嘆）：那是您不斷追尋智慧的過程中，英勇的第一步啊！

奧：當然。（搔鬍深思）不過這也讓人忍不住猜想，是吧？

斯（身體往前傾）：猜想什麼，奧丁陛下？

奧：密米爾要拿我的眼睛去做什麼呢？（聳聳肩。）

斯：這可能是永遠無解的謎團了。說到謎團，您曾經為了獲得智慧而把自己吊起來。我們很想知道，想到快死了……

奧：「想到快死了」！斯諾里，說得好！

斯：啥？噢，是，我知道。所以，是否可以告訴我們，您為了解開盧恩字母的祕密而把自己吊起來九天的內情究竟如何？

奧：當然可以啊（停頓）。我為了解開盧恩字母的祕密，把自己吊起來九天。

斯：是的，但是您為什麼把自己吊起來呢？

奧：為了解開盧恩字母的祕密。

斯：呃，是的，非常感人。

奧：但是，斯諾里，那些都是很久以前的事了。還有那個說我偷喝一大罈神的口

水釀的蜜酒而成為詩人的事，也是古老的傳說。

斯（臉色發青）：神的口水。

奧：嗯，嚴格來說是這樣沒錯。蜜酒的原料是蜂蜜和……嗯，我們就說那是個祕密成分好了。[2]（眨眼。）

斯：聽起來很美味。

奧：那超噁的。我在飛越米德加爾特上空時吐了一些出來，那邊還留有一些我吐出來的東西，偶爾有些人類會不小心吞進去，那些人就成為世界知名的詩人和學者了。（雙手圈在嘴邊向米德加爾特的方向呼喊）莎士比亞、朗費羅、希爾弗斯坦——不客氣喲！

斯：世界知名的詩人和學者，是嗎？（不好意思地咯咯笑）您一定認為我嘗到了一些是吧！

奧：我從來沒想過有這個可能性。

斯：噢，好吧。您也說了，這是個古老的傳說。或許您會想跟我們談談您近來對於追求知識與智慧的事嗎？

奧：斯諾里，我想跟你說很多事，不過先回答你的問題：我跟我的英靈戰士最近組成一個口述詩歌團體，每週的索爾日晚上在陣亡英靈宴會廳表演，結束後會有沙赫利姆尼爾做的輕食小點心。我們安排諾恩人近期內來客座表演，應該也會很有趣。還有，我正在上尊巴舞（Zumba）課程，以了解韓國偶像團體「我的名字」（My Name）為什麼會這麼紅。最後一項是，我在研究一種神奇的符號，在米德加爾特被稱為（奧丁將右手兩隻手指交叉在左手的兩根手指上）井字標記。就我目前所搜集的資料看來，這個符號和別的字結合時，就會讓人產生一種從重要事情中分心的力量。如果我想的沒錯，我下一本書的主

❷ 根據未經證實的謠傳，祕密成分其實是克瓦希爾的血，他是一個睿智的神，是從一鐔神聖的唾液中以完整之身升起。這些唾液來自許多天神輪流往鐔中吐口水作為停戰協議，以結束阿薩神族和華納神族之間的戰爭。法亞拉和吉亞拉這兩個凶狠的侏儒殺了克瓦希爾，把他的血摻進蜂蜜製成蜜酒中。「嗜血」（bloodthirsty）這個詞彙可能就來自這次事件。

題就是井字標記。書名就暫定為……嗯……井字標記。

斯：奧丁陛下，這個選擇很有啟發性。

奧：是啊，沒錯。

很遺憾，這次專訪在這裡突然結束了。有一件阿薩神族的重要事務需要奧丁前往處理。他不能透露是什麼緊急事件，但是我滿確定聽到了幾個字，「鎚子」和「遺失」。

索爾

類別：天神

所屬世界：阿斯嘉

外貌：鼓起的二頭肌上有刺青，像山頭一樣渾厚的肩膀，胸膛龐大、紅蘿蔔色的頭髮。穿著一件很少清洗的無袖皮革短上衣及皮革長褲，外搭鐵鍊背心、魔法腰帶，以及鐵護手。他的手指關節也有刺青。

家庭關係：索爾的子女很多。他最喜愛的兒子是馬格尼和摩迪。他和他的妻子女神希芙還生了其他子女。

著名事蹟：雷電之神。一星期中的某一天就是以他命名的。他那極富創意的髒話及有如爆炸的響屁，幾乎和他保護人類的傳奇神力齊名。閒暇時經常海量收看米德加爾特的電視節目。

最愛的武器：他有一支能搥碎山嶺的鎚子「邁歐尼爾」，還能接收無線網路及高畫質的廣播電視。如果遺失這支鎚子，他就不能追劇了。噢，還有，九個世界也會遭殃啦。他的備用武器是一根手杖，是用巨型鍛造鐵製成的。

動物夥伴：坦格喬斯特（意思是「磨牙者」；你可以叫他奧提斯）和坦格里斯尼爾（意思是「咬牙者」；叫他馬文就好），這兩隻會說話的山羊可以宰、可以煮、可以吃，然後會再度復活。這樣外出肚子餓的時候就很方便。

英雄與鎚子

文／約翰・亨利
（瓦爾哈拉旅館住客，自公元一八七一年起）

我從小到大從來沒有懷疑過自己是北歐雷電之神的兒子。何必懷疑呢？我出生在美國北卡羅來納州的西維吉尼亞，確切年份不太記得了，大約是一八四〇年左右。喔，我有沒有說過？我媽媽是個奴隸。這表示，我也是個奴隸。

至於我爸爸呢？在我心裡，他是我媽媽嫁的那個男人，撫養我長大、愛我，而且視我如己出。但是，我們卻完全沒有血緣關係。

我出生時，索爾給了我一個匿名禮物，小邁歐尼爾，就是他那支鎚子的縮小版，不過當時我並不知道那是什麼。我遺傳到他的地方太多了，拿到這支鎚子簡直是如魚得水，意思是說，什麼東西我都能砸碎。（還有，我從小吃飯、放屁、打呼都像索爾。現在還是這樣，不過我不說髒話。我媽把我教得很好。）

我長得愈大，鎚子也愈大支，我想這應該就表示它有神力吧。不過那時候我心裡記掛的是幾件大事，先是南北戰爭，後來是廢奴。我二十幾歲的時候成為自由人。媽媽在我耳邊為我祝福，在我額頭上親了一下，我把鎚子插進腰帶，就這樣出社會去打天下。

碰到這個人的時候，我已經旅行一陣子了。他是我見過最魁梧的人，身材又高又寬，刺青的手臂粗得像樹幹，肩膀簡直像是花崗岩，搭配暗紅色的頭髮和濃密的鬍鬚。要是他一有舉動，我會立刻轉身落荒而逃。但是有件事讓我站住了。他手上有一隻鎚子，跟我的鎚子一模一樣。

於是，我就和他一起坐在他生好的火堆旁。我們分享了一頓山羊燉肉、一杯飲料，他說那是蜜酒（他還說燉肉叫做奧提斯。後來我到了瓦爾哈拉之後才知道原因）。我們分享故事。他說了好多好多，像是一個名叫索列姆的竊賊曾經偷走他的鎚子，他想出一個辦法惡整索列姆，把鎚子拿回來。他假扮成索列姆想娶的女人——這傢伙竟然穿上新娘禮服！就在結婚典禮之前，索列姆送新娘那支偷來的鎚子，象徵他的愛。索爾拿起鎚子就往索列姆頭上猛敲，順便也砸了伴郎、賓客和蛋糕。你可能會想，我聽到這個故事後會心生警戒，但是不知道為什麼，我卻對這個大塊頭產生信任感。而且，他也信任我。當我開口問他，可不可以讓我試用一下他的鎚子，他發出一陣笑聲還夾雜著驚人的響屁。「請便！」

我用盡吃奶的力氣想把那支鎚子舉起來，用力到我都昏了過去。等我醒來，他和他的鎚子已經不見了，只留下一張字條。問題是，那時候我還不識字，所以我就把字條塞進口袋。

不久之後，使用鎚子的技能讓我找到一份工作，就是在鐵軌上打鋼釘。一哩又一哩、一個月又一個月，我一路敲敲敲把鐵軌固定好。我是所有工人裡表現最好的，直到有一天有個花言巧語、臉上有傷疤的售貨員來到鎮上。他要賣的是一個用蒸汽驅動的電鑽，他說那個電鑽比任何打釘工人更快。我不識字，但是我有看到牆上貼的廣告。他的機器會讓我們這一大群人丟掉飯碗。

我別無選擇，只有做給他看。我跟他打賭，在一天之內，我和我的鎚子會比他的機器鋪出更多鐵軌，而且更能鑿進山裡。如果他贏了，鐵路公司就買他的機器；如果我贏了，他就要離開，不能再回來。他跟我賭了。

那天晚上，我的紅髮朋友出現在我的帳篷裡。「約翰・亨利，」他說：「我認識這個售貨員。他是個（不雅用語刪除）騙子，我告訴你，（不雅用語刪除）騙子不會跟你公平競爭的，所以我要借你一樣東西來扳平。」

他解下腰帶來纏在我的腰上。這東西一碰到我的皮膚，就有一股力量竄入我的血

管。接著他把他的鎚子塞進我手裡，這次我竟然能輕易舉起來。天一亮，我走向隧道。那個疤臉男一看到鎚子就揚起眉毛。「這個嘛，」他說：「這就有點意思了。」

接下來的事情是：我們比賽。我贏了。然後我死了。我手上拿著那把鎚子到了瓦爾哈拉，口袋裡還有那張紅髮男人留給我的字條。有個騎著一匹噴煙怪馬的漂亮女士把字條唸給我聽：

這個人是我兒子。不要虧待他。如果你虧待他，我會敲扁你的頭。

字條署名是索爾。我這才知道誰是我的親生父親。

洛基

類別：天神，兩個巨人所生

所屬世界：阿斯嘉

外貌：一頭參雜了紅、黃、褐色的亂髮。相貌英俊，但是臉上有一道可怕的疤痕，嘴唇上有許多被刺破的小洞。

家庭關係：他是許多人的父親：天神赫爾、芬里爾巨狼、世界巨蟒耶夢加得、納爾弗及瓦利……等等。也是八腳駿馬斯雷普尼爾的母親。（這可以算是身體功能障礙吧？）

著名事蹟：身為一個騙子、魔法師及變形者，這個人油嘴滑舌，非常危險。目前因為導致天神巴德爾死亡而被懲罰綁在大石頭上，並用毒蛇嘴中滴下的毒液滴在他臉上。不過，他還是能夠活躍遊走在各個世界，到處製造禍端。

如何與騙徒過招

文／侏儒布洛克

洛基這傢伙，你以為他長得很帥是吧？但是你看看他臉上的傷疤和嘴唇上下的小洞。我打賭你不知道他為什麼會有這些小洞。你去那個大石頭上找個位置坐，聽我說吧。

有一天，洛基覺得很無聊，於是闖進索爾的住處，把雷神的東西亂翻一通。如果你問我的話，我會說這樣做不太明智。總之，索爾不在家，但他妻子希芙在家，她是個金髮絕色美女，金髮不像黃金那麼金啦，不過真的很漂亮，而且很長。洛基拿了把刀子偷偷溜到她身後，希芙在睡覺所以沒聽到他靠近。洛基切斷希芙的頭髮。這樣做實在是太卑鄙了，畢竟希芙對她的頭髮非常引以為傲呀。

她醒來發現頭髮幾乎沒了，哭得肝腸寸斷。這時誰走進來了？當然是索爾。我告訴你，索爾並不是一座窯裡最亮的那塊煤，你知道我的意思吧，但是就連他也看得出來希芙為什麼這麼傷心。我說啊，洛基站在那裡一手拿刀、一手握著希芙的頭髮。這樣很明顯吧？

所以洛基是當場被人贓俱獲。但是他真的很會說話，索爾正要用拳頭捶扁他，洛基卻說他會給希芙一頂假髮，比原本真的頭髮更好。索爾說，好吧，不然怎麼辦呢？總不能讓老婆頂著禿頭猛哭吧。

只有一個地方的工藝夠精湛，能讓洛基得到他想找的東西，那個地方就是尼德威阿爾。所以，洛基從阿斯嘉跳上樹，在亞爾夫海姆換個樹枝，在納比酒館下樹。他到處打聽，找到一對侏儒依瓦迪兄弟接下這個工作。他們為希芙做了一頂假髮，還為了炫耀技能，加碼做了一支魔法鏢槍和一艘船，可以折得很小，小到能收在口袋裡。

你以為洛基會把這些東西帶回索爾的宮殿嗎？才不呢。他在尼德威阿爾可快活了。這時輪到我和我兄弟辛吉出場。洛基逛到我們店裡來胡扯。他給我們看那頂假髮、鏢槍和那艘船，用他的頭跟我們打賭說，我們做不出那樣的好東西。我沒開玩笑，他真的是用他的頭打賭。辛吉和我跟他賭了，因為我們知道，我們做的東西世界無敵讚。

於是我們就生火燒窯、敲打金屬，打算做出好東西給他瞧瞧。洛基看了幾分鐘之後說，他要回阿斯嘉了。但是實際上呢？他變成一隻馬蠅，在我們工作時飛到我們面前，我們根本不知道那是他在刺探我們，不過反正這不重要啦，我們做的東西就是好。我們打造出來的第一樣東西，是一隻有金色鬃毛的野豬，牠可以跑得飛快。第二樣是一個金戒指，每隔九天就會自動複製八份。你說這有多棒？不過最棒的是我們做的一支鎚子，每擊必中，然後還會飛回主人身邊。

所以我們帶著這些東西去阿斯嘉找洛基，因為他一直都沒出現來取貨。我們很有信心，還帶了一個袋子要去裝洛基的頭。其實我們也不是真的相信他會兌現承諾啦。眾神全都說野豬、戒指和鎚子是有史以來最酷的東西，我們絕對完勝，可是沒想到洛基還是試圖耍賴。

「我只有答應你們可以把我的頭拿下來，」洛基說：「但是沒有說到我的脖子喔。不准碰我的脖子！」

我們是要怎樣不碰脖子而把那傢伙的頭砍下來？

「你這個狡猾的騙子，」辛吉對他說：「所以我們要這樣做，我們要讓你不能再要任何人做任何東西給你。」

辛吉和我把他撲倒。洛基沒有提防到這一招，於是就像一噸重的磚塊那樣垮下。其他天神的眼神看向別處，辛吉把他的針線拿出來，然後就……然後你就看到洛基那嘴巴的樣子了。當然，他現在還能講話，他後來設法把嘴巴的縫線拆掉了。不過我們那天離開時，他沒有再囉唆半個字。

如果你好奇的話，我可以告訴你：我們把野豬給了弗雷，戒指給了奧丁，鎚子給了索爾。前面兩樣東西你可能不常聽見，但是，沒錯……我們做的鎚子，就是那支鎚子。

弗雷

類別：天神

所屬世界：起初是華納海姆，後來在阿薩與華納神族戰爭後，就變成屬於阿斯嘉；現在則統治亞爾夫海姆。

外貌：藍眼睛、金髮、膚色黝黑、鬍子沒刮，一副英俊戶外型男的模樣。通常穿著法蘭絨襯衫配上磨損的牛仔褲及登山靴。散發溫暖、和平及滿足感。

家庭關係：海神尼奧爾德的兒子，弗蕾亞的雙胞胎哥哥，霜巨人葛德的丈夫。

著名事蹟：代表春天與夏天的天神，並且是亞爾夫海姆之王。他是陰天裡的陽光；如果外面很冷，他就是五月天。

最愛的武器：桑馬布蘭德，也就是夏日之劍（耶！）。不幸的是，他將這把劍送人了（哭哭！）。危急的時候可以使用鹿角。

動物夥伴：他有一艘可以折起來放口袋、永遠適合任何風向的船，但是不開船的時候，他會騎著一隻由侏儒巧手打造的閃亮野豬。

饒舌二人組——傑克劍與弗雷

傑克：

我是傑克，夏日之劍，
桑馬布蘭德，弗雷的劍。
也就是說，我是他的，直到他
拋棄了我。

弗雷：

喔傑克，我錯了。你知道
我很歉疚。

傑克：是啦沒錯。省省吧老兄。要講去跟我的劍柄說！

弗雷：劍啊拜託！給我一次機會。至少聽我解釋

為什麼把你給了史基尼爾……

傑克：我知道為什麼。因為你瘋了。你坐在奧丁的王座上尋找

弗蕾亞，你那失散的妹妹。

有個女巨人吸引了你的目光。她長得

好像弗蕾亞。你調戲了她。

弗雷：
葛德，美若天仙。我到現在
還為她魂縈夢牽。
亮麗的臉龐、嫵媚的秀髮……

傑克：
我想我快吐了。

弗雷：
我知道你受苦了，弗雷的劍，
夏日之劍，
桑馬布蘭德。

傑克：
最糟的還沒來呢，後來又
落在新主子手裡。

弗雷：
你是說史爾特，在諸神的黃昏。

傑克：
那個穆斯貝爾海姆的黑暗傢伙。
到了毀滅之日，他將揮舞著
我——

弗雷：
——而且放出那隻狼。永無寧日。

傑克：
海洋沸騰。天空血紅。

弗雷：
天神消失。巨人興起。

傑克：
看著你死，我會難過。

弗雷：
你說真的？

傑克：
真的？才不。

弗雷：
天命就是天命。我們都有
各自的角色。

傑克：
那麼，大自然小子，我現在就要動身，
而且要說：「再會了，弗雷。」

弗雷：
往後再也不會有
像你一樣的，夏日之劍。
我們的命運，也許將再度交會。
如果沒有……就再見了，老朋友。

弗蕾亞

類別：天神

所屬世界：本來是華納海姆，在阿薩與華納神族戰爭後被送到阿斯嘉，現在回到華納海姆。

外貌：全身浸潤並散發著金黃色的溫暖光暈。一頭金色長髮編成一股粗辮子。輕盈的身軀穿著白色繞頸露肩上衣及半長裙，繫金色腰帶。腰帶上繫掛著一把匕首及鑰匙圈。

家庭關係：海神尼奧爾德的女兒，弗雷的雙胞胎手足。

著名事蹟：管理弗爾克范格，有半數英靈死後生活在這裡。她流出的眼淚是紅金。非常擅長精靈魔法。熱衷於愛情、享樂及侏儒手作的精緻珠寶，最具代表性的一件是布里希嘉曼，由耀眼奪目的紅寶石及鑽石鑲成的項鍊，是無與倫比的絕色寶物。

與弗蕾亞閒聊一場

文／斯諾里・斯圖魯松

赫爾吉安排我訪問美麗的女神弗蕾亞。真希望我多花時間在戰場上，少吃點沙赫利姆尼爾。但我想起我已經死了，無論怎麼運動，身材都不會改變。退而求其次，我在身上噴了很多討女性歡心的香水。

我正要從尤克特拉希爾去華納海姆時，索爾把我叫住，往我手裡塞了一個信封，命令我送信給弗蕾亞。當然，我非常樂意幫忙。

在渡鴉書記的陪同下，我在指定時間抵達弗蕾亞的宮殿色斯靈尼爾的王座廳，但是，我見到的不是那位女神，而是一個外表邋遢的男人倚在王座上，他穿著一件五顏六色的短袖衣服，上面有幾個字：「保持冷靜，繼續弗爾克范格」。

男人：哇，老兄，你應該來這裡嗎？

斯諾里：是的。是弗蕾亞女神本尊同意要接見我的。

男：酷喔。我是邁爾斯。從你身上的體味判斷（靠近斯諾里嗅聞），我猜你是放屁精靈吧。

斯（憤慨貌）：我是個武士。

邁：噢，對不起，是我的錯。那，葛伍士，我不知道弗蕾亞什麼時候會回到家。要不要邊等邊喝點飲料，或吃個鹹點心呢？

幸好弗蕾亞坐在貓兒拉的四輪車上回來了，我才沒有失態發作。她整個人容光煥發，和我記得的一模一樣。跟在她身邊的是一個年輕女性，從她迷惘的表情看來，應該剛死沒多久。

弗蕾亞：斯諾里，親愛的，好久不見了（送斯諾里飛吻）。啵、啵。邁爾斯，你好心點帶這位……你叫什麼名字來著，親愛的？

女人：安、安格妮絲。

弗：嗯，（手指頭輕敲嘴唇）你非常確定死後一輩子都叫「安、安格妮絲」這個名字嗎？

安、安格妮絲：你說死後一輩子是什麼意思？

弗：還是叫個有精神點的名字吧。我們來想想看喔。（輕撫貓咪）我想，凱蒂滿適合的。親愛的，我們就叫你凱蒂吧。

凱蒂：你們是誰？

弗：邁爾斯，你來解釋給凱蒂聽，好嗎？

邁：讓我來。（手指頭比成槍指著斯諾里）葛伍士，咱們之後再聊囉。來吧，凱蒂、凱蒂、凱蒂！

凱：說真的，這到底是怎麼回事？

弗：噢，親愛的，你不知道嗎？你死了。

凱：我死了？

邁（手臂圈住凱蒂的脖子，用指節搓她的頭）：來吧，凱琪，不要緊啦！

凱：我死了？

（邁爾斯和凱蒂離開。）

弗：真可愛的女生。她是時尚眼鏡設計師喔。（輕巧戴上鑲有珠寶的貓眼造型眼鏡）我就知道，她死後我一定要讓她來弗爾克范格。

斯：這是瓦爾哈拉的損失了。她是怎麼死的？

弗：瓦斯爆炸。她把別人從火場拖出來，自己卻死了。說到瓦斯（嗅嗅斯諾里），你聞起來倒是味道很重。

斯：有嗎？

弗：有。請你後退一步，親愛的，我的眼睛快要熏出紅金了。

斯：真是抱歉。啊，對了，索爾有一封信要我交給你。

弗（讀索爾的字條❸）：噢，奧丁之眼啊，別又犯了。親愛的斯諾

❸弗蕾亞讀完字條之後就丟到一旁。渡鴉書記瞥見兩個詞：鎚子、遺失。

里，我們必須改約時間了。索爾需要立刻借用我的一樣東西。你可以送去給他嗎？

斯：親愛的夫人，你怎麼說我就怎麼做。要我帶的是什麼？

弗：我的魔法鷹羽罩袍。索爾得飛到約頓海姆去找……啊，這我不方便說了。

斯：我可以使用這件罩袍回到阿斯嘉嗎？

弗：再好不過了。

斯：太棒了！

弗：但是不行。我擔心你的體味會對羽毛有不好的影響，我相信你一定能理解的。請把罩袍拿著離你身體一個手臂長，好嗎？現在你可以走了，愛你喔。

一直到這本書出版時，我和這位美麗的女神始終沒有再安排見面。

史基尼爾

類別：天神

所屬世界：亞爾夫海姆及阿斯嘉

外貌：英俊帥氣，不過眼神有點閃爍不定。

著名事蹟：弗雷的隨從及信使。他得到夏日之劍，交換條件是答應去說服霜巨人葛德嫁給弗雷。他也曾被派去侏儒那裡，要他們製造魔法繩索「格萊普尼爾」，這條繩索能綑住芬里爾巨狼。

早知道我應該……

文／史基尼爾

能夠親手碰到一件精美神妙的兵器，不是每天都遇得到的事。所以當弗雷說要給我夏日之劍，條件是叫我前往約頓海姆為他跟葛德說媒，我當然就答應了。

不過這件事有個隱憂：這把劍最後注定會落在史爾特手上。你沒聽錯，就是史爾特，那個暗黑的傢伙，穆斯貝爾海姆之王。唉，聽說他把世界搞得一團混亂，就是他，有一天會拿到我的這把劍。

我知道這件事的時候，其實有一點焦慮，害怕史爾特會為了拿到這把劍來追殺我。接著我又想：假如我不拿這把劍，那他就不會來追殺我了。

這時候就輪到我那不成材的兒子上場了。他老是抱怨在阿斯嘉有多麼無聊、抱怨其他神給他們的子女很酷的玩意兒、抱怨我從來不讓他去探索其他世界……等等等等。我已經受夠這小子了，決定把他打發走。我對他說：「選個你想去的地方好了！」

起先他說亞爾夫海姆，後來又改變心意說要去尼德威阿爾。我正想直接把他送去金崙加深溝算了，他終於決定要去米德加爾特。「但是我不想走路或騎馬。我想坐船去。不是小船喔，要坐一艘大船，有風帆和划槳手。而且我想當船長。這樣一來，每個人都得聽我的！」

我指出：「但是你根本不懂駕駛帆船，尤其是航行在米德加爾特的海洋。」

「你為什麼老是這麼負面？」他嘟噥。「你什麼事都不讓我去做！」

在這之後，我很快找了一艘船給他。那批船員看起來不太行，但是你說我還能怎麼辦呢？

就在這時候，那把劍加入這個故事中。我除了擔心史爾特會來拿走這把劍，我也知道這把劍太長，根本不適合我用，但我又不能還給弗雷，因為他已經答應要給我了；而我又不能把它轉送給隨便哪個人，萬一那個人給了史爾特怎麼辦？

所以我做了唯一符合邏輯的舉動。我把那支劍包在舊毯子裡，藏在船艙中。我那不成材的兒子一上船，我就大喊：「一路順風！」然後一腳把船從碼頭上踢開。我心想，他要好一陣子才會回來煩我，等他真的回來時，我應該已經想出該拿夏日之劍怎麼辦了。

我知道你在想什麼：不適任的船長、濫竽充數的船員、魔法劍、險惡的大海、陌生的世界……一切都妥當嗎？

結果我兒子回來了，搭著另一艘船。他抱怨暈船，抱怨船員不聽他的話，而且還說這不是他的錯。

我說：「不是你的錯，你這話是什麼意思？」其實我心知肚明。

真是驚喜啊，那艘船就沉在米德加爾特的某個偏僻水域，那把劍也一起沉了。我這個笨兒子搞不清楚沉船的確切位置，也或者他知道但是不說。

所以，實際上我兒子就是那個把劍弄丟的傢伙。但是如果你一定要把遺失夏日之劍這事怪到我頭上，那就隨便你，我這做父親的就代子受過吧。自古以來不都是這樣嗎？

密米爾

類別：天神

所屬世界：本來是阿斯嘉，戰爭後被送到華納海姆。現住在世界之樹根部的知識之井。

外貌：滿臉皺紋、表情嚴肅、紅褐色頭髮、留著鬍子且下巴戽斗的一顆頭。直到他補充好水分之後就會變成——臉皮光滑、表情嚴肅、紅褐色頭髮、留著鬍子且下巴戽斗的一顆頭。

著名事蹟：沒有身體。此外，他會讓人喝知識之井裡的水，條件是強迫對方當他的奴隸或遭受極端酷刑，或者是兩者兼施。當他沒有泡在無窮智慧之水中的時候，就是在經營柏青哥賭博電玩店。

我有的是時間

文／密米爾

有些事我實在是不吐不快。我知道你們在背後怎麼說我。你們以為，為了恢復我在阿薩與華納神族大戰以前的模樣，什麼代價我都願意付是嗎？才不是。說真的，阿斯嘉和華納海姆之間的事，我很早以前就不想理了。

別誤會我。在知識之井的生活，不像在公園散步那樣閒散。儘管我在這裡閱歷無數，還是有些事情讓我全身顫慄，而且說有多煩就有多煩，那些神啦、侏儒啦、巨人啦，只要你叫得出名字的都跑來跟我哭訴。有時候我會試著幫他們一下，讓他們喝一口水，條件是幫我做一點點小事。不過有時候他們實在很煩，讓我真想毒打他們一頓。大部分時候，我只盼望他們不要再出現在我面前。

不過往好處想，我在這口井裡的空間滿大的，還有一堆空閒時間，而我也不是光坐著什麼事都不幹。為免無聊度日，我發明了很多東西。我做了很多派。其實啊，我靠這些還賺了不少錢。如果你想知道的話，以下是一些我做得不錯的東西：

吸管：這種簡單的管狀物非常好用，不論是用來吸你最喜歡的飲料，還是拿來對著毫無警覺的目標射出浸著口水的紙團。包裝有五十支、一百支、五百支這些選擇，顏色方面有透明、白色、條紋或螢光色。彎的吸管或是螺旋狀的吸管可以賣更貴喔！

棒球帽：這種帽子是橫掃各地的熱門商品！任何世界都適合戴。帽沿可以保護侏儒避開在亞爾夫海姆的永晝及米德加爾特的刺目陽光。精靈們如果把棒球帽反戴，就能做出又酷又潮的造型，而且陽光

（以及讚嘆的聲浪！）能讓你如獲新生。顏色和帽沿款式眾多，也可以用我的專利設計工具來客製化你自己的獨特款式。帽子後帶可以調整，什麼樣的頭型都能戴。

枕頭：辛苦了一整天，到了該上床放鬆的時刻了。讓我們這一方填充羽絨的舒適柔軟好物來幫助你，讓你的頭在晚上能好好歇息。訂購時請註明是要隼、渡鴉、鴿子或老鷹的羽毛。對羽毛過敏嗎？試試我們的全天然山羊毛款式吧。現在下單，第二副枕頭免費。運費及包裝費用另計。

赫爾

類別：天神

所屬世界：赫爾海姆

外貌：有一半是皮膚如精靈般白皙、有著黑色長髮的美麗女人，另一半是恐怖的腐屍。

家庭關係：是洛基與一個女巨人所生的女兒；芬里爾巨狼及世界巨蟒耶夢加得的姐妹。

著名事蹟：統治赫爾海姆，那裡是不名譽死者的去處。

赫爾的邀請函

敬邀您來參加我們的家庭聚會！

時光匆匆，我們似乎已經有億萬年沒有聚會了。如果您也覺得隔了太久，請光臨赫爾海姆，讓我們一起在此交流近況、分享彼此的進展、回憶往事、展望未來！

請攜帶一道菜及一瓶飲料來與大家分享。期望能在赫爾海姆見到你！

時間：九天之後
地點：赫爾海姆
回覆時間：下一個弗麗嘉之日前

備註：請穿暖一點，地下世界有點冷！

受邀人／與主人的關係	出席與否：是／否／或許	給主人的訊息
洛基／父親	或許	我最近有點忙，但是我會看看能不能撥出時間。
安格爾波達／母親	是	一千年來，你連一張卡片或一通電話都沒有，小芬和小耶也是。真不知道我為什麼要覺得驚訝。我只是你媽而已，為什麼我的需求必須得到你的注意？你覺得我丟你的臉，因為我是個女巨人。我說對了吧？我不覺得你是真心想邀我去，不然你為什麼還邀請了西格恩和斯雷普尼爾？你明明知道我不喜歡他們。算了。我還是會去，但是我不會開心的。
芬里爾巨狼／兄弟	否	如果奧丁也在菜單上的話我就會去。
耶夢加得／兄弟	嗯嗯嗯嗯嗯嗯	（主人筆記：小耶留了語音留言，但是我聽不懂，可能是因為他又把尾巴塞進嘴巴裡了。希望他能出席，帶著他最拿手的壽司捲！）
西格恩／繼母	是	我應該待在可憐的丈夫洛基身邊，保護他不被那隻毒蛇打到他的臉，但是，我會出席的。噢！我會帶納爾弗和瓦利嬰兒時期的照片喔！
納爾弗／繼兄弟	否	死亡（在瓦利變成狼之後，被瓦利碎屍萬段）。
瓦利／繼兄弟	否	死亡（把納爾弗撕碎之後，被開腸剖肚）。
斯雷普尼爾／繼馬	是	真失望我媽媽洛基不去，但是我會路過一下！請讓我知道是否能讓我帶上我兒子史丹利，他想要見見另一半家族親戚！

海姆達爾

類別：天神

所屬世界：阿斯嘉

外貌：高大結實，舉著號角，能預知未來，但似乎有一點睡眠不足。有金色牙齒。

家庭關係：由九個媽媽所生（別問我怎麼回事，由他自己說好了）。

著名事蹟：在阿斯嘉及米德加爾特之間的彩虹橋上負責守衛。

測試、測試

如果某天你在旅館裡聽到廣播中傳來這個聲音，請別驚訝：

叭！叭！叭！

注意！這是阿斯嘉緊急廣播系統的測試。接下來的六十秒，海姆達爾將會吹響他的號角。將來有一天，這個聲音將會預先宣告「諸神的黃昏」來臨。如果到時候確實是世界末日，你將會收到通知，表示海姆達爾已經看到巨人們集結在阿斯嘉的堡壘外及彩虹橋另一端。接下來你會收到保衛阿斯嘉、抵禦巨人族血腥暴動的指示。

以下僅為測試。

叭叭叭叭叭叭叭叭叭叭叭叭叭叭
叭叭叭叭叭叭叭！

阿斯嘉緊急廣播系統測試結束。現在我們將回復你本來預設的存在狀態。

瀾恩

類別：天神

所屬世界：大海

外貌：相貌古老、皮膚蒼白且滿是皺紋，眼睛是混濁的綠色，金髮中摻雜灰色髮絲。穿著一件獨一無二的銀色網裙，上面綴飾著各式各樣東西，以及迷失在海裡的靈魂。

家庭關係：與波浪之神埃吉爾結婚，兩人共生了九個女兒。

著名事蹟：撿拾並囤積海裡各種殘骸物品。

誰先找到就歸誰

文／瀾恩

很久很久以前，有一天，我正在我老公埃吉爾的海浪上愜意漂流時，有個東西卡在我的裙子上，外觀看來像一個長長瘦瘦的木碗——是一艘小船，船舶之神尼奧爾德是這樣稱呼這種東西的。我把它翻過來，有一群人就掉出來，開始一個個溺水了。

天空突然出現一大群奧丁的女武神。接著是尼奧爾德的女兒——漂亮的那個，她叫什麼名字來著？弗蕾亞？她駕著貓力驅動的四輪戰車飛過來。赫爾也出現了，從地底發出隆隆聲音。她們把這群人類圍住仔細檢查，吵來吵去到底誰可以拿到哪個剛死掉的靈魂。那個場面簡直就像鯊魚在瘋狂搶食。

至於我，我從來不想招待什麼死後靈魂。不過我的看法是，既然這片大海是我的地盤，那些靈魂應該是我的才對。所以，我把這些人都用我的裙子牢牢網住了。

女武神假裝不想要了（她們說這些人死得不夠英勇，不夠資格進瓦爾哈拉），所以她們走了。弗蕾亞嘲笑我一陣子之後，拿了那些人類儲存在箱子裡亮晶晶的東西也跑了。自從這件事之後，為了給她好看，我一定會把任何我找到的亮晶晶東西都拿走。

赫爾最讓我傷腦筋。她抱怨奧丁和弗蕾亞每次都能挑走那些掉下來的物品，所以她至少應該拿到人。我向她表達我的觀點，像是公海的規則是不一樣的等等。我還威脅她，如果不立刻離開的話，我就要唆使她的兄弟，那隻世界巨蟒來咬她。耶夢加得跟我之間有默契，所以我知道，如果我請他來他就會來。最後，赫爾同意往後只要有人死在海裡，就永遠歸我。所以這一仗我贏了。

最棒的是，尼奧爾德還讓我收集了那艘船。你要不要來看看？

弗麗嘉

類別：天神

所屬世界：阿斯嘉

外貌：美麗、自信，帶有淡淡的哀傷。

家庭關係：奧丁的妻子，天神巴德爾及霍德爾的母親。

著名事蹟：負責掌管婚姻、母性及人際關係的女神，也是阿斯嘉的王后。

巴德爾

類別：天神

所屬世界：本來是阿斯嘉，現在則必須永遠住在赫爾海姆。

外貌：帥到令人難以置信

家庭關係：奧丁和弗麗嘉之子，霍德爾的哥哥。

著名事蹟：被霍德爾的槲寄生箭射殺身亡（但那不是霍德爾的錯）！

霍德爾

類別：天神

所屬世界：阿斯嘉

外貌：英俊但眼盲

家庭：奧丁與弗麗嘉的兒子，巴德爾的弟弟。

著名事蹟：被洛基欺騙，以槲寄生做成的箭頭誤殺了巴德爾。

伊登

類別：天神

所屬世界：阿斯嘉

外貌：年輕、漂亮

著名事蹟：永生不死蘋果的看守人。曾被巨人舍亞吉綁架，後來被解救出來。

海尼爾

類別：天神

所屬世界：本來是阿斯嘉，在阿薩與華納之戰後被送到華納海姆。

外貌：英俊的臉上總是一副迷惘的表情。

著名事蹟：因為猶豫不決而觸怒華納神族，因而害得密米爾被華納神族斬首。

親愛的弗麗嘉——每週諮詢專欄

親愛的弗麗嘉：

我是個母親，有兩個很棒的兒子。我的問題不是他們，而是他們在學校碰到的第三個男孩。似乎每次只要他們三個在一起，這第三個男孩就會哄騙我那個小兒子去對我大兒子惡作劇。雖然這些惡作劇還沒有造成什麼傷害，但我在想是否應該在過於失控之前介入，還是說，我應該讓男孩用男孩的方式來玩？

三個人太擠　敬上

親愛的三個人：

以奧丁之愛，請你從我的例子中學到教訓：一定要介入！我跟你一樣有兩個兒子，霍德爾和巴德爾。從小到大，巴德爾就是優秀裡面最優秀的，他長得英俊、心地善良、好脾氣、勇敢、慷慨、整齊清潔。每個人都愛他，包括霍德爾。巴德爾很照顧霍德爾，因為霍德爾眼睛看不見，也因為他愛霍德爾。

如果我這兩個兒子沒有跟另一個男孩混在一起，那就不會發生慘事了。那個男孩名叫洛基。洛基假裝是我兒子的朋友，但是其實他暗中討厭巴德爾，所以只要一有機會就試著傷害他。但是巴德爾得以躲過許多劫難，是因為我從他小時候開始就向世界上所有事物請求保護讓他平安。所有事物都同意了，所以巴德爾可以說是無懈

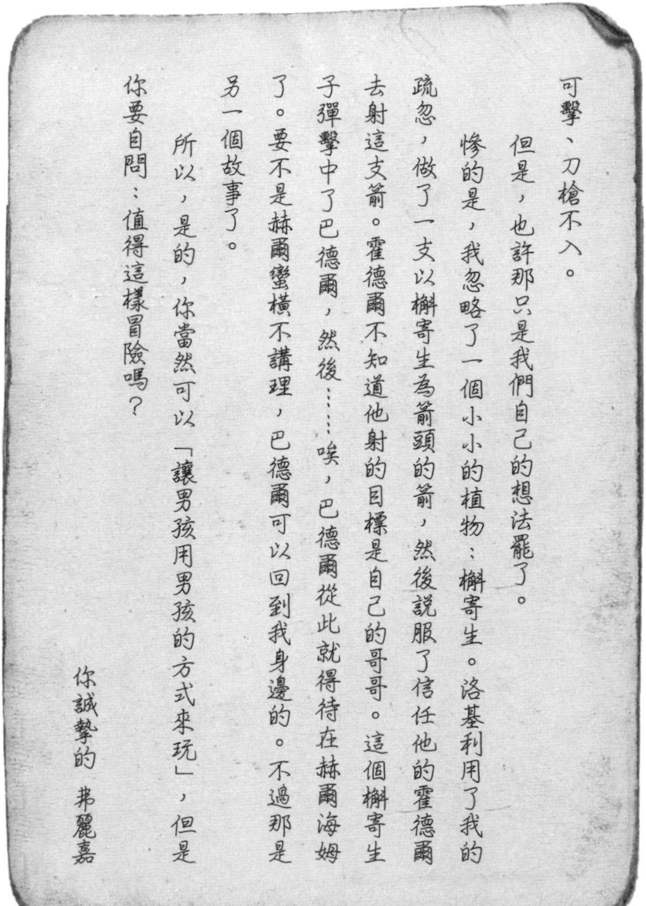
可擊、刀槍不入。

但是，也許那只是我們自己的想法罷了。

慘的是，我忽略了一個小小的植物：槲寄生。洛基利用了我的疏忽，做了一支以槲寄生為箭頭的箭，然後說服了信任他的霍德爾去射這支箭。霍德爾不知道他射的目標是自己的哥哥。這個槲寄生子彈擊中了巴德爾，然後……唉，巴德爾從此就得待在赫爾海姆了。要不是赫爾蠻橫不講理，巴德爾可以回到我身邊的。不過那是另一個故事了。

所以，是的，你當然可以「讓男孩用男孩的方式來玩」，但是你要自問：值得這樣冒險嗎？

你誠摯的 弗麗嘉

親愛的弗麗嘉：

我喜歡一個女生，但是她不喜歡我。我正在考慮要不要請另一個欠我人情的男孩去幫我叫這個女生跟我約會。你覺得這樣做好嗎？

渴望者　敬上

親愛的渴望者：

單戀實在是太悲慘了。不過老實說，你不能「叫」女生跟你約會，而且你絕對不應該嘗試這樣做。

我記得，有個名叫洛基的男孩，騙了我的朋友伊登去跟他的壞巨人朋友舍亞吉約會。假如是舍亞吉本人去邀伊登的話，伊登絕對不會跟他出去的。其實等她發現到底是跟誰約會，她覺得自己根本是掉到陷阱裡。難道你希望你心目中那個特別的女孩產生這種感覺嗎？我誠摯希望不要！

你是不是仍然很想進行你的計畫？也許聽過伊登故事的結局之後，你就不會想要這樣做了。伊登跟舍亞吉約會時痛苦不堪，不過她還是想盡辦法把她的狀況傳達給她的戰士朋友們。她有很多朋友，並不只是因為她會分發永生不死的蘋果。總之，這些戰士朋友們趕來救她了。她一脫離險境，他們就加足火力對付舍亞吉，要確保他往後絕對不會再對其他女孩（或是其他任何人）行使這種不光明磊落的手段。

所以，渴望者，我建議你採取行動之前務必三思。記得，你心愛的女孩也是有朋友的。

你誠摯的 弗麗嘉

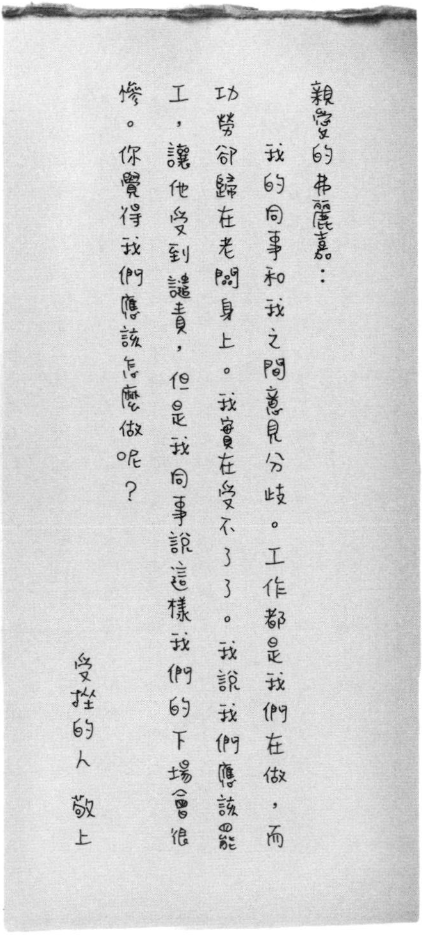

親愛的弗麗嘉：

我的同事和我之間意見分歧。工作都是我們在做，而功勞卻歸在老闆身上。我實在受不了了。我說我們應該罷工，讓他受到譴責，但是我同事說這樣我們的下場會很慘。你覺得我們應該怎麼做呢？

受挫的人　敬上

親愛的受挫的人：

你的情況讓我想到我的兩個朋友，密米爾和海尼爾，他們被選為交換人質，要被派去另外一片土地。那裡的人喜歡海尼爾，因為他長得帥。那裡的人以為他比較聰明，所以凡事都問他，海尼爾也願意給意見。但是他們不知道的是，海尼爾其實笨得像塊石頭。真正聰明的是密米爾，只是他缺乏魅力，而那些人的問題，其實都是由密米爾提供解答給海尼爾。

這樣運作都還順暢，直到密米爾實在受不了，不想再幫助海尼爾了。海尼爾的建議突然開始走下坡，人們才明白被耍了。他們很氣海尼爾，而這個蠢貨解釋說，這一切都是密米爾的主意。所以那些人追殺密米爾，結果……唉，這樣說吧，密米爾最後的下場是在

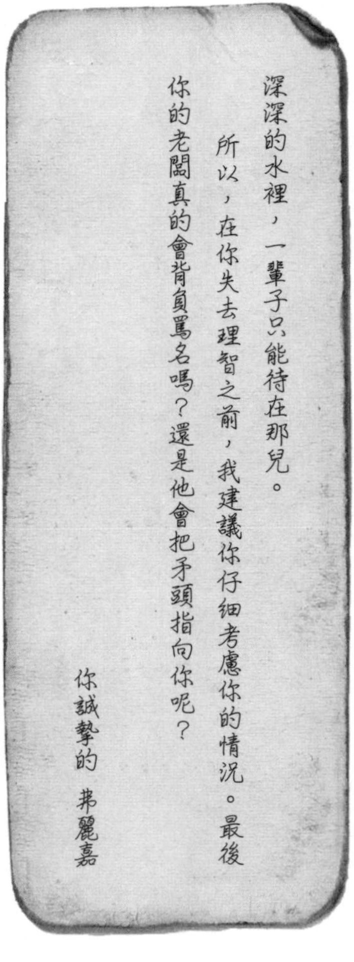
深深的水裡，一輩子只能待在那兒。
所以，在你失去理智之前，我建議你仔細考慮你的情況。最後
你的老闆真的會背負罵名嗎？還是他會把矛頭指向你呢？
你誠摯的 弗麗嘉

提爾

類別：天神

所屬世界：阿斯嘉

外貌：只有一隻手的戰士

著名事蹟：芬里爾巨狼吃掉他的手，當時其他天神忙著用繩索格萊普尼爾把那頭野獸綑綁起來。

哎喲！

文／提爾

嗨，各位同學！親愛的提爾叔叔要送你們一項重要的安全小常識！千萬別把你的手伸進狼的嘴巴裡……或者獅子、熊、長吻鱷或短吻鱷的嘴巴也不行，或者割草機、垃圾處理機、吹雪機、攪拌機更不可以，因為如果伸進去，你擁有那隻手的時間就不會太久了！不相信我說的話嗎？不然你去問問我的好友虎克船長，看他怎麼會這麼有名！還有千萬要記住：手套和連指手套都是成雙成對，這不是沒有原因的！

烏勒爾

類別：天神

所屬世界：阿斯嘉

外貌：滿臉不高興的鄉下粗漢

著名事蹟：他宣稱自己發明了射箭、雪鞋，以及其他冬季運動裝備。

來自詹姆斯・洛夫沙克律師事務所的信

親愛的烏勒爾先生：

我們已收到您最近的來信，您在信中反覆主張，您發明的物品正在我們國家（您是用「米德加爾特」這個名稱）製造與販售，卻沒有得到您的同意。這些發明包括以下項目：

滑雪屐（分為高山滑雪和北歐式滑雪）

冰刀鞋（分為冰球和花式滑冰）

滑雪單板

雪鞋

雪橇車

雪橇（滑板型和平底型）

射箭運動

我們已在先前的通信中提過，除非您能夠提供證據，顯示您確實是這些發明物的專利權所有人，否則我們無法透過合法管道繼續進行相關事項。請注意，您誓言自己是「掌管這些事物的天神」，法院不會認定這是充分的理由。除非能夠提供更多實際的文件，否則我們必須考慮永久結案，並且恭敬地請求您不要再與相關事務所聯繫。

詹姆斯．洛夫沙克律師　敬上

尼奧爾德

類別：天神

所屬世界：原本是華納海姆，阿薩與華納神族交戰後被送到阿斯嘉。

外貌：很像典型的漁夫，搭配黃色雨衣、菸斗、厚毛衣，以及飽經風霜的臉。

家庭關係：是弗雷和弗蕾亞這對雙胞胎的父親。

著名事蹟：掌管船隻、水手和漁夫的天神。

神話裡的其他類群

文／杭汀

驚喜大驚喜啊，赫爾吉又堅持要我向你們介紹其他類群了。這種時候，我發誓我會……算了。

附帶一提，為了你們這些曾經是人類的英靈戰士，我用「神話」這樣的字眼，但這些事物完全沒有捏造或想像的成分，他們是真的。愈快相信他們真實存在，你們就愈安全。也許吧。

首先是約頓，或稱巨人。他們有各式各樣的體型大小，不只是很巨大而已。種類包括石巨人、霜巨人、火巨人，還有變身巨人。很多巨人住在約頓海姆，其他則住在穆斯貝爾海姆和尼福爾海姆。有些巨人很強壯，有些很聰明，有些精通於施展幻術。不過幾乎所有巨人都很惡毒，卑劣的程度像彩虹橋一樣寬。他們有時候好像要跟你合作，但絕對不要指望他們會成為你的盟友。我說的「絕對」就是永遠不要的意思。

接下來是精靈。他們高䠷又俊美，生活在光明之中，討厭黑暗。他們以前很熱衷於精靈魔法或巫術，喜歡研究盧恩文字。如今大多數的精靈熱衷於閒來無事坐著上網，或者用「精靈飛」❹看他們喜歡的電視節目。警語：精靈非常重視美貌，如果你不是長得很漂亮……嗯，最好離亞爾夫海姆遠一點。精靈一旦我行我素起來，凶惡的程度和巨人不相上下。

侏儒的特色是有點狡猾。有一種侏儒叫「黑精靈」，為什麼叫他們「精靈」呢？別問我。他們不是我創造出來的。據說黑精靈長得比較高大，也比一般侏儒更有魅力，因為他們是弗蕾亞的後代，但我不是很確定。除了黑精靈以外，就只有一般大家熟悉的侏儒了。附帶一提，所有的侏儒原本都是蛆。天神看到他們在尤彌爾的肉上爬來爬去（世界就是用尤彌爾的肉身創造出來的），於是眾神心想：「嘿，把那些蛆變成有知覺的生物吧！」從那以後，侏儒就一直在地底下的黑暗地方挖鑿地道，躲避光線。不過呢，我去尼德威阿爾的時候絕對不會提起蛆的故事，除非想要挑起爭端。

你已經知道女武神了，畢竟你身在瓦爾哈拉，不過我還是得介紹她們。如果我沒把女武神收錄進來，那些拿盾牌的少女會抓狂，而我盡量避免惹她們生氣。

最後還有諾恩三女神。這三位詭異的女士會探索每個人的命運。你必須體驗過她們，才能得到自己命運的完整圖像。不過仔細想想，

---

❹ 精靈飛（Alflix）與知名線上影音平台網飛（Netflix）諧音。

那樣的體驗實在很難揣摩，諾恩三女神本身也是如此。你最好像我們其他人一樣，祈禱自己永遠不會跟她們打交道。相信我，那樣會簡單許多。

以上涵蓋主要的幾大類，不過請記住，你有可能遇到其他生物也努力要欺騙你、讓你分心，或者操控你。他們的名號是屍鬼（殭屍）、伐拉（先知）、女巫（就是女巫），還有電話推銷員（超煩的）。

史爾特

類別：火巨人

所屬世界：穆斯貝爾海姆

外貌：英俊得不可思議，很邪惡，衣著體面。一身黑，包括頭髮、衣服和皮膚，唯一例外是令人迷惑的紅眼睛。

著名事蹟：永無止盡的興趣就是開啟諸神的黃昏，企圖以夏日之劍釋放芬里爾巨狼。

編輯警語：接下來的內容令人不安。我們反覆嘗試刪除，但由於魔法不是我們所能控制，它的排版始終留在接續的幾頁上面。我們力勸你跳過。如果你選擇閱讀，請你謹記在心：對於你的情緒是否安穩，瓦爾哈拉旅館及其工作人員恕不負責。

你的末日

文／史爾特

英靈戰士，請聆聽我的親口證詞：

你們的訓練徒勞無功。命運注定諸神的黃昏必然降臨，我會以桑馬布蘭德的利刃釋放出芬里爾巨狼。巨狼將會吞噬奧丁，接著張開他的血盆大口，吞沒這一個個世界。我會率領手下的巨人大軍戰勝海姆達爾，猛攻彩虹橋，途經之處摧毀沿路的萬事萬物，讓所有一切陷入狂亂的火焰中。

你會死。人類會死。侏儒會死。精靈會死。天神們和所有的生靈，除了巨人以外，全都會死。

所以，你們每天早上進行戰鬥訓練，但明知我輩族類終將徹底稱霸；每天下午復活重生，明知我們只會為了巨人重塑宇宙；每天晚上享用盛宴，明知我們會踩著你們的屍體大啖勝利饗宴；每天夜晚安然入眠，明知你們的末日命運早已注定。

諸神的黃昏。那是你們的結局，我們的開端。

燃燒吧！

燃燒吧！哈——哈——哈——哈——哈——哈！

而且……燃燒吧。

尤彌爾

類別：巨神

所屬世界：於米德加爾特幾乎無所不在

外貌：在遭奧丁和兄弟殺死前極其巨大。而那之後就沒那麼大了。

著名事蹟：奧丁夥同兄弟把他碎屍萬段，再將屍塊做成米德加爾特。

來自金崙加深溝的祝福

文／尤彌爾

杭汀偷偷說了我的故事，我才不會氣得碎屍萬段呢。（哈！爛爆了，噓！眾神啊，我喜歡笑話的最後一句妙語，但我這句太爛了根本不算！哈！）

我反而要向你說說母牛「歐德姆布拉」的故事。她在金崙加深溝跟我一起，而且她很巨大。（到底有多大？）那頭母牛實在太巨大了，她閒閒沒事坐在深溝裡，還真的只能閒閒沒事做！

不過，說正經的，是母牛歐德姆布拉讓我維持生命，直到奧丁和他的兄弟殺了我為止。他們為何沒有追殺母牛，我永遠也搞不懂。這就像母牛的乳房一樣荒謬，我說的對不對？（哈！）

其實呢，我願意僱用奧丁殺了那頭母牛。為什麼呢？因為我活著的時候，她開始狂舔鹽巴。有經驗的請舉手，這裡有誰聽過巨牛用超級溼的舌頭舔東西，一舔就是幾個月？沒聽過吧？請想像你就是那個幸運兒。舔，舔，舔，舔，日復一日，夜復一夜。聽起來好像有人搬來一大桶鮪魚和美乃滋，在你的耳邊攪來攪去。那害我大抓狂，到最後我好想高喊：殺了我吧！

結果，舔舔舔還真的殺了我。後來……不知過了多久，過了永遠吧，母牛的舌頭舔出一位躲在鹽裡面的天神。那位天神名叫布利，他有個兒子叫包爾。包爾和我的孫女貝斯特拉結婚（沒錯，我有很多孩子和孫子，怎麼生出來的不關你的事），而貝斯特拉和包爾生下奧丁、威利、菲三個孩子，他們……嗯，接下來的故事你就

知道了。切切，剁剁，砍砍，劈劈，再見啦，尤彌爾。

不過呢，笑話嘲笑的對象是他們，對吧？因為我這邊的家族，就是這些巨人們，等到在戰鬥中打敗眾神、終結所有戰鬥，他們才會是笑到最後的人。

厄特加爾的洛基

類別：變身巨人

所屬世界：約頓海姆

外貌：在還沒吃伊登的永生不死蘋果之前是灰髮老人，吃了蘋果以後變成黑髮年輕人。他穿著靴子、皮馬褲、鷹羽做的短外衣，並佩戴一個金質臂環，上面裝飾著血石髓。

著名事蹟：擅長變身的強大巫師。此外，他也是山巨人之王，因此是眾神和英靈戰士未來的敵人。

猜猜看是誰？

文／斯諾里・斯圖魯松

我和弗蕾亞女士的對話遭到打斷後不久，我接到一封邀請函，她邀我去約頓海姆的郊區見她。我對於選擇這樣的地點感到很驚訝，不過還是趕往當地，畢竟我沒有資格質疑女神。我抵達時，發現女神興高采烈。

斯諾里・斯圖魯松：親愛的弗蕾亞女士，謝謝您這麼快再次接見我。您如同以往一般，是一幅美好的圖畫。

弗蕾亞：哇，斯諾里，謝謝你。衝著這點，我大可親吻你。事實上，我想我可以喔。（直接親上斯斯的嘴唇）唔唔唔唔唔唔啵！

斯斯（大吃一驚）：親……親愛的女士！我說不出話！

弗：那是第一個。

斯斯：呃……

弗：先別急著想那個。我還有另一個驚喜要給你！（空中發出閃光。一個巨大的巨人取代了女神。）登愣！

斯斯（尖叫）：啊啊啊啊啊！

厄特加爾的洛基（笑到彎腰）：你看你的表情！無價！斯諾里，我告訴你，你們英靈戰士好容易上當喔。讓我回想起這麼多年來我對索爾玩弄的惡作劇。你知道我說的是什麼，對吧？

斯斯：我不敢說。

厄洛：我敢。偉大的雷神蹦蹦跳跳闖進我的地盤，要向我們這群巨人挑戰力量和超凡的本領。他在這裡的第一個晚上，知道他做了什麼嗎？在巨人的手套裡紮營，他以為那是一棟房子！那是手套耶！可是還不只那樣。想聽聽接下來發生什麼事嗎？

斯斯：我有選擇的餘地嗎？

厄洛：沒有。隔天早上，索爾拿著他鼎鼎大名的巨鎚，打算猛敲一個沉睡巨人的腦袋。巨人醒過來，問說是不是有片葉子掉在他身上，然後又翻身睡著。索爾再次猛搥他，巨人醒過來，說覺得有橡實掉到他的額頭上。第三次，巨人好奇心想，巨鎚的敲擊是不是噗通掉下的鳥大便。（身子靠過來）猜猜那巨人是誰？

斯斯：你。

厄洛：是我耶！

斯斯：好好笑喔。（站起來）好了，如果你願意原諒我……

厄洛：坐下。

斯斯：好。（急忙坐下。）

厄洛：那麼之後呢，索爾閒晃到我的城堡，吹牛說他有多偉大。我說：「那麼，來啊，證明一下。首先，把這杯子的東西喝個一乾二淨。其次，抱起我的灰貓。最後，找那邊的乾瘦老太婆比賽摔角，徹底戰勝她。」（身子靠過來）想知道一個祕密嗎？

斯斯：你用了巫術，所以索爾贏不了。

厄洛（捧腹大笑）：我用了巫術，所以索爾贏不了！那杯子其實是海洋，貓是世界巨蟒耶夢加得，從埃吉爾的海域借來的，而老太太就是老年本身。斯諾里，沒有人能夠戰勝老年！

斯斯：連天神也不行？女神伊登和她的永生不死蘋果或許可以？

厄洛（皺眉的樣子看起來很危險）：斯諾里，別在我身邊提起那位女士。她對我的一位手下很不好。

斯斯：像洛基一樣，我的嘴唇縫起來了。

厄洛：你不錯喔，領主。說不定我會在諸神的黃昏饒你一命。但是可能不會。

（這時，一隻鴿子傳送訊息給厄特加爾的洛基。）

厄洛（讀著讀著笑起來）：喔，我好愛這個！斯諾里，你聽好，我得走了。剛剛聽說某位特定人士認為特定的遺失物品埋在約頓海姆這裡。他現在正在到處挖洞找東西。我非去瞧瞧不可。（變成一隻大鷹，然後飛走。）

後來我才知道那個特定人士是索爾，物品則是邁歐尼爾。謠言說那把巨鎚呢，沒錯，就在約頓海姆，但是索爾還沒找到它的下落。

葛德

類別：霜巨人

所屬世界：尼福爾海姆

外貌：高大且漂亮，有一雙發亮的手臂。

著名事蹟：掌管春天和夏天的天神弗雷無法抵擋她的魅力。

葛德只盼望有人聽到她的心聲

文／葛德

人們說我乃泥中之枝。
我只想感受腳趾下冰冷的泥土。
不需盛裝打扮
或去任何一地，只願留駐我的前院。
若我的皮膚發亮，能阻止否？
它已引來船隻、鳥兒，以及多餘的注意
來自遠方諸神。

弗雷甚至無法自行提問。
他派僕役前來求婚。
試以金蘋果向我求愛，
但我更愛紅蘋果。

等到別緻的戒指亦無效，
史基尼爾發怒了，
於是拔出那把說話的劍。
我的言語再也無關緊要。
我與弗雷締結姻緣，我們努力經營。
他全心痴迷自然與愛情。
然而，有時，我忍不住期盼
我能開冷氣。

精靈

所屬世界：亞爾夫海姆

外貌：高䠷俊美，皮膚白皙，缺乏陽光會死。

著名事蹟：曾是射箭和精靈巫術專家，不時解讀盧恩文字的奧祕。現在大多數的精靈是追劇專家。

精靈巫術捲土重來

這是《亞爾夫海姆今日報網路版：適合看的所有新聞》的小編所彙整的特別報導。

【亞爾夫海姆訊】由於科技興起，精靈巫術這種魔法力量逐漸失去青睞，但目前似乎正在亞爾夫海姆得到新的立足點。不過並非所有人都樂見其成。

「我們拋棄魔法是有原因的。」煙幕表示。他是「精靈視覺通訊公司」的董事長兼精靈營運長。「那對健康有害，對施展者的需求實在太多了。我聽過有人只是想學最簡單的咒語就死掉！相信我……如果你想擁有真正的魔法體驗，只要連續看二十四小時的串流影片就行了。你只需要準備一張舒適的沙發，連接『精靈視覺』的大螢幕，加上容易操作的遙控器……不需要自我犧牲。」

施展精靈巫術面臨的風險再真實不過了。施行高超的巫術，像是治療傷口，以及防禦用的強力爆破，都需要輸出大量的生命能量。根據目擊者表示，消耗那樣的能量會使人筋疲力竭數小時，甚至持續數天之久。

「我曾接獲一名病例，有個精靈的朋友發生嚴重的過敏反應，她用精靈巫術想要提供協助，」一名憂心忡忡的醫師對《亞爾夫海姆今日報》表示，「她救了朋友，但過程中差點害自己沒命。」

像這樣出生入死，最大的威脅來自於企圖解讀盧恩文字。這些符號體現了宇宙的本質。要導向那樣的本質，已知會讓身體無法負荷，導致悲慘的結果，例如死亡。

儘管有這樣的危險性，仍有一個草根運動在推廣精靈巫術，稱為

「換頻與收聽」，他們正在穩定增加活動能量，特別是有年輕的精靈參與其中。「他們想要脫離自己父母久坐不動的生活方式。」阿洛伊．維拉表示，她是這項運動的領袖。「這種力量長久以來遭人遺忘，年輕人對於可能的潛力感到好奇。你也會看到同一群精靈學習射箭。大多數的教練都是老一輩的人。看到年輕人著手向老人家學習，真的很激勵人心。」

阿洛伊．維拉聲稱他們沒有積極招募新成員。那麼，最近的參與人數為何如此顯著增加？「毫無疑問，這關乎諸神的黃昏逐漸逼近所帶來的威脅，」她坦承說：「他們之所以加入，是因為相信魔法和射箭比較有機會打敗巨人，無線網路和裝飾用的抱枕則不然。」

只有時間能證明她的說法對不對。在那之前，精靈巫術的用途依然有很大的爭議。

侏儒

所屬世界：尼德威阿爾

外貌：粗魯且矮小，待在陽光底下太久會變成石頭。

著名事蹟：專精於金工和工藝。

進擊的金屬

文／貢達

早在幫納比酒館製作吧台椅凳之前，我的專長是打造省力的裝備。你也知道那種東西……按下按鈕，拉動槓桿，轉動旋鈕，就好了！一部機器幫你完成工作。很難相信的是，那樣的工作生涯變得超無聊。

幸好，命運引導我轉往另一個方向。一次前往米德加爾特的意外之行，我遇到一個人類叫魯布．戈德堡。戈德堡是漢娜之子，他想出瘋狂的奇妙裝置，運用一些可能是最不必要的複雜方法完成簡單任務。那些奇妙裝置稱為「魯布．戈德堡機械」，運轉起來充滿詩意。

我學到魯布的概念後，直直奔回尼德威阿爾，著手製作我自己的創作。我重新清點多年來收集的零碎東西，包括風扇、玩具卡車，以及從米德加爾特帶回來的一套骨牌、來自華納海姆的幾個貓罐頭（「弗蕾亞的貓指名要這種！」）、來自尼福爾海姆的雪鏟、我朋友貝利茲恩給的衣架……這樣你懂了吧。我用上熔融、焊接、搥打和火烤，把這些零碎東西組合成一系列彼此相連的裝置。整體而言，它們組成一件美麗的事物。

我的第一件「魯布・戈德堡機械」是要用來點燃我的窯爐。它的運作方式如下：一顆手工打造的銀球，沿著用榔頭打造的螺旋形鋼製軌道往下滾，軌道用扭轉鋼絲從天花板垂吊而下。銀球落進一個貓罐頭，罐頭擦得像鏡子一樣閃亮。罐頭將銀球倒進另一個罐頭，然後再倒進另一個，如此這般連續七個罐頭。最後的罐頭將球倒進玩具卡車的車斗。那輛卡車呢，改裝成符合我建造的單軌軌道，滑到地板的另一端，迎頭撞上一長排彎彎曲曲的骨牌，它們排列成「貢達」的字樣。最後倒下的一列骨牌是沿著階梯往上爬，階梯上刻了許多著名侏儒的圖像。最後一塊骨牌撞到衣架，把它撞得旋轉一圈；衣架這時塗了強化的亮漆。衣架輕輕打中開關，啟動風扇，吹動雪鏟的邊緣。只見雪鏟落下，掉在翹翹板高的那端（我親自用青銅鑄造那個翹翹板，並用寶石裝飾）。翹翹板低的那端翹起來，射出另一顆球（這次是金球）。金球飛越房間，敲中一把榔頭，那是祖先傳給我的。榔頭掉在按鈕上，啟動我的窯爐……你瞧！點火了！

難道由我自己啟動按鈕不會比較簡單嗎？那當然啦。光是啟動按鈕會得到同樣的滿足感嗎？絕對不會。你可能覺得我瘋了，竟然花這麼多時間和精力在這種創作上。不過對我來說，金屬就是這麼令我深深感動。

女武神

所屬世界：米德加爾特和阿斯嘉

外貌：凶狠又強壯的人類女性，經常騎著馬。具有飛行能力。配備了盾牌，以及長劍或斧頭。

著名事蹟：找出為了救別人而死的英雄，護送他們到瓦爾哈拉。

女武神的第一次飛行——日記

（不放姓名以保護作者隱私）

第一天：

我是一名女武神。哇，即使寫下這樣的話，感覺還是非常不可思議！不過這是真的。我是貨真價實的「挑選陣亡英靈之人」，奧丁的女助手！前一分鐘，我走在大街上。下一分鐘，有個面貌凶狠、戴頭盔、拿長矛的女子騎著飛馬出現在我頭頂上方的空中。她俯衝而下，伸出一隻手。「我是古妮拉，女武神隊長。」她說，一臉嚴肅且莊嚴的樣子。「你獲得奧丁的青睞，負責挑選殞落的英雄，並在他們死後照顧他們。他們會在來世接受無止盡的訓練，準備迎接諸神的黃昏，那是天神對抗巨人的末日之戰。你接受嗎？」

我從來沒聽過奧丁或其他的任何一件事，但「拒絕」似乎不像是選項之一。所以現在呢，我和其他新招募的成員待在瓦爾哈拉旅館的大廳，等著搞清楚接下來的發展。

第二天：

筋疲力竭。明天更慘。

第五天：

抱歉有幾天沒寫日記。接下來很快簡單描述我經歷的事：

・參觀瓦爾哈拉旅館的全部五百四十個樓層。與較低樓層一些帥氣的傢伙眉來眼去。

・忍受一場演講，由某個像化石一樣老的領主講授九個世界，他叫斯諾提。（還是叫斯諾里？好無聊，我差點像吃了斯斯感冒藥一樣想睡覺……）

・把這件事烙印到我的腦子裡：我們帶回的只是永生不死的本質（也就是靈魂），而把死去的軀體留在原地。

・量身定做我的女武神制服：頭盔、鐵鍊盔甲短上衣、緊身褲、靴子、長劍。（不是要自誇，我身為女武神戰士，看起來還滿嗆辣的。）

・坐在陣亡英靈宴會廳的桌子旁等待。英靈戰士，這是生活（能說「活」嗎？）在瓦爾哈拉那些死去英雄的特有名稱；他們吃喝的胃口超驚人。

・每天破曉時分，神奇地返回米德加爾特（根據斯諾提的說法，這是指人類的領域），像正常青少年一樣度過白天。

我預定幾個小時之後要返回米德加爾特。在那之前應該隨便睡一下，所以晚安啦。

附註：只是提醒一下，這裡所有帥氣的傢伙都是死人。真衰。

第九天：

這一天。最棒。沒有更棒！

剛開始，古妮拉把我們這些菜鳥從米德加爾特召集回來。我在學校，本來要去上數學課，於是轉而去廁所，從窗戶爬出去。只聽見「咻」的一聲，突然間我就回到旅館了。別問我怎麼辦到的。我完全搞不懂。

我們在宴會廳集合。還要過好幾個小時才吃晚餐，所以這地方都沒人。古妮拉開始說話。

「看看你旁邊的新生。謹記這一點：執行任務的時候會死掉。你可以在死後的來世進進出出，但這並不表示你是無敵的。別人有可能殺死你。光榮戰死，那麼你的記憶將會永遠流傳；卑鄙無恥而死，你會遭到遺忘。」

我心裡想著：「好吧，簽名畫押之前，先知道這點總是比較好。」

就在這時，一群資深女武神走進來。有一位向我走來，自我介紹說她叫瑪格麗特，並說：「你會很喜歡接下來的驚喜。」

我還來不及問這話是什麼意思，古妮拉就大喊：「各位空服員，準備起飛。」

瑪格麗特抓住我的手臂說：「不要往下看。」接著她直直射入空中！很棒的部分是什麼呢？我跟著她一起！我、在、飛！

好，對啦，嚴格說來，我沒有飛，飛的人是瑪格麗特，我則是拚命像魔鬼氈一樣黏在她身上。不過呢，我的奧丁啊，這還是很驚人。到了明天，我準備自己試試看。一定超棒的！

第十天：

第一個小時：起飛。墜毀在拉雷德之樹裡面（超蠢的一棵樹）。起飛，墜落到領主桌上。起飛，墜毀在拉雷德之樹裡面，接著摔到領主桌上。樹上住了一隻肥到不可思議的山羊，牠墜落在我頭上。

第三個小時：重演萊特兄弟在小鷹鎮的第一次飛行。也就是，升空不到一分鐘，然後無可避免地墜毀（再度墜入拉雷德之樹）。

第六個小時：飛得久一點。以我的雙腳落地！（我立刻跌了個狗吃屎，不過還是……有成果！）

第九個小時：真正的俯衝和翱翔成功了！各位，聽到勝利的號角聲了吧！我是女武神！

第十一天：

結果，我也得學習騎馬飛行，那匹馬還是一團霧氣耶。單獨與死馬一起飛，沒有合作得很順暢；牠們顯然侷促不安，結果造成亂流。課程明天開始。

我又回到起點了。

諾恩三女神

所屬世界：阿斯嘉。具體來說，她們住的湖泊是在拉雷德之樹的樹根處，位於陣亡英靈宴會廳。

外貌：三位女性，身高二七〇公分，一身雪白，周圍環繞著霧氣，看起來宛如幽靈，身穿流動的白色兜帽衣裳。

著名事蹟：控制凡人和天神的命運。她們宣告那些命運就像是在說謎語一樣。

命運好好玩！

我們在瓦爾哈拉旅館了解到一件事：英靈戰士初來乍到，聽見有人宣告自己的命運，很可能會不知所措，特別是那樣的宣告出自諾恩三女神之口。何不來玩玩算命遊戲「命運關鍵詞」休息一下？這很簡單，又好玩，有時甚至很準確。想得到你的三個命運關鍵詞，要先找出你英文名字的第一個字母，然後是姓氏的最後一個字母，再加上出生月份，對照下列關鍵詞表。舉例來說，斯諾里・斯圖魯松（Snorri Sturluson）出生於三月，所以他的代表關鍵詞是：智慧、聰明和懦弱。誰知道呢？也許有一天，你的關鍵詞會顯現出深刻的涵意！

命運關鍵詞表

A：可怕
B：英雄
C：戰鬥
D：持久
E：狼
F：創造
G：戰士
H：挑戰
I：致命
J：恐懼

K：知識
L：墮落
M：可敬
N：聰明
O：武力
P：無畏
Q：厄運
R：戰鬥
S：智慧
T：錯誤

U：任務
V：廢墟
W：犧牲
X：搜尋
Y：治療師
Z：毀滅
一月：魔法
二月：背叛
三月：懦弱
四月：大膽

五月：光榮
六月：勝利
七月：受傷
八月：開腸剖肚
九月：黑暗
十月：無限
十一月：巨人
十二月：愛

奇異的動物與魔獸

文／杭汀

好，我準備來描述一些生物，牠們有些沒辦法自我介紹，有些可以，但說起話來要不是惹人厭，就是傷人感情。（說到這裡，我有幾件傷感情的事想要對赫爾吉說……我把這件事寫在這裡，看他有沒有好好讀我的文章。）

我們的野獸動物分成三大類：知名、可悲，以及可食。知名的動物對世界有貨真價實的貢獻，或者因為其他原因而顯得重要。可悲的動物在各種方面令人恐懼，其中有一些又特別嚴重。至於可食的動物呢，嗯，我想，這一類不必說明就很清楚了。

尼德霍格

類別：可悲

所屬世界：尤克特拉希爾的樹根

外貌：像蛇一般，有銳利的牙齒和憤怒的表情。

著名事蹟：啃咬尤克特拉希爾的樹根。

這種駭人的巨龍只有一個生活目標：吃掉我們生存的基礎，造成毀滅。我們為何要忍受這種行為呢？這令我百思不解。我的意思是說，不能找人塞個磨牙玩具給他嗎？尼德霍格只有一種狀況下不吃樹根，就是牠想到新的罵人粗話，對著樹梢的無名居民大罵特罵那時候。

尤克特拉希爾的無名巨鷹

類別：可悲

所屬世界：尤克特拉希爾的樹梢

外貌：凶惡，有羽毛。

著名事蹟：搖晃樹梢造成強風、地震和暴風雨。

這位就是前面提到的無名居民，也是尼德霍格那些粗話的接收者。這又帶來第二個難解之謎：這隻鳥為何沒有名字？如果這是精挑細選的問題，我們大可舉辦一場比賽、從頭盔裡抽出一個名字，或者把各個選項釘在板子上，拿飛鏢射射看。說老實話，這有很困難嗎？
附帶一提，這隻鷹會亂噴罵人的粗話回敬尼德霍格，附帶一些低級謊言、謠言，以及其他惹人厭的悄悄話。你可能會想，巨鷹和巨龍分處於世界之樹頭尾兩端，這些訊息要怎麼互相交換啊？繼續讀下去吧。

拉塔托斯克

類別：非常非常可悲

所屬世界：尤克特拉希爾的樹枝上

外貌：巨大凶惡的松鼠，有紅色毛皮、一雙黃眼睛，以及宛如剃刀一般的銳利牙齒和爪子。

著名事蹟：在無名巨鷹和尼德霍格之間傳遞罵人的粗話。此外，聽到牠那充滿羞辱的吼叫聲，你的生存意志會被徹底榨乾。

只有你知我知的小祕密

文／拉塔托斯克

到這裡來（你很慢喔）。別擔心（焦慮是你的小名），我不會吼你啦。我想告訴你（你的隊友都怪你害大家輸掉）一個祕密。我知道尼德霍格和巨鷹（他們正在背地裡嘲笑你）為何開始互相咒罵。我知道（你最好的表現永遠都不夠好），因為我就是挑起仇恨的人。我好無聊（所有人聽你說故事都打呵欠）。為了炒熱氣氛，我送出低聲的恥笑（你絕對不是始作俑者），沿著尤克特拉希爾的樹幹向下傳遞給巨龍（只有蠕蟲比你更低等），還有另一番恥笑向上傳遞給大鷹（你永遠飛不起來）。

想要聽聽看（你承受不住壓力而崩潰了）那些羞辱人的粗話是什麼嗎？那就更靠近一點（不管什麼事或什麼人，你都害怕得不得了），讓我對著你的耳朵（你有耳屎耶）輕聲說（你也太相信人了）：

吼吼吼吼吼！

海德倫

類別：可食（算是吧）

所屬世界：阿斯嘉，特別是瓦爾哈拉旅館那棵拉雷德之樹的樹枝上

外貌：超肥的山羊，而且一直漏出乳汁。

著名事蹟：供應的乳汁可釀成蜜酒。

埃克瑟律米爾（也可稱綽號「埃克」）

類別：知名

所屬世界：阿斯嘉，特別是拉雷德之樹的樹枝上

外貌：雄鹿，鹿角會噴水。

著名事蹟：噴出的水供應給全世界的河川和溪流。

沙赫利姆尼爾

類別：可食

所屬世界：阿斯嘉，特別是瓦爾哈拉旅館的陣亡戰士宴會廳

外貌：巨大的動物，不確定是哪一種。

著名事蹟：每天晚上為每一位居民供應晚餐的主菜。

騙子叛徒

文／半生人・岡德森

這個故事是比較年長的英靈戰士告訴我的，他也是聽別人說的，那個人以前負責用大鍋接住海德倫的乳汁，他宣稱是聽海德倫親口說的。這故事到底是不是真的，我也說不上來，但我想不出那隻山羊有什麼理由要捏造這種故事。到最後，你得自己判斷真偽。

一天晚上，埃克和海德倫趁沙赫利姆尼爾復活的時候，找他作伴出去閒晃，而一如以往，他們聊起諸神的黃昏這個話題。

「我突然想到，」海德倫說著，同時稍微移動身子，免得她的乳汁一直滴到沙赫利姆尼爾的側邊，「都沒有人提過，等到巨人重新塑造宇宙，我們的命運會怎麼樣。」

「我想，我們對巨人很有用，」沙赫利姆尼爾若有所思地說：「畢竟他們會需要水、蜜酒和食物，對吧？」

「我不知道。誰可以找巨人談一談？」海德倫說：「埃克，你覺得如何？」

「我們永遠都可以問諾恩三女神啊，看看我們的命運究竟是跟眾神一起死，還是跟巨人一起活。」雄鹿回答。三人組的焦慮目光投注到下方的湖泊上。「也許不行。」埃克補上一句。

「說不定我幫得上忙喔。」洛基從上方的樹枝擺盪下來，落在沙赫利姆尼爾旁邊。那時他還沒被綁到巨石上，經常躲在拉雷德之樹裡，因為如果要暗中監視其他天神，躲在那個地點很有用。

「你？」海德倫哼了一聲表示懷疑。「你能做什麼？」

「我可以幫你們找巨人談一談，把你們必須提供的東西告訴他們。反正我準備去約頓海姆。我得去探望安格爾波達，那位女巨人是我的孩子芬里爾、耶夢加得和赫爾的母親。」他提議說，看著他們茫然的神情。

山羊、雄鹿和大量食物供應者彼此互看一眼。「給我們一分鐘。」海德倫說。

「想要多久都行。我會待在這裡。」

洛基吹著口哨，蹓躂到房間另一端的領主桌，一副無所謂的樣子，彷彿對他們的決定一點興趣也沒有。然而，他暗地裡非常希望他們同意，因為他打算利用這些動物的詢問，藉機了解巨人是否願意在世界末日那一天饒「非巨人」一命。諸神的黃昏到來時，無論洛基要為哪一方而戰，他都想成為被饒命的對象。

在此同時，三隻動物認真討論。牠們全都不信任洛基，但就像不能棄拉雷德之樹於不顧，牠們認為自己沒有選擇的餘地。

「我們允許你，把我們必須提供的東西告訴巨人。」埃克說。

「那麼我上路囉。」洛基消失不見。

他才剛離開不久，奧丁就親自現身。他坐在那張全知的王座里德史卡夫上，聽見剛才發生的事，滿心困惑。

「你們與英靈戰士一起生活了那麼多個千年，難道沒有任何體會嗎？」他質問道。「你們寧願背叛那些給你們家園的人，也不願捍衛這個家園而光榮死去？」

三隻野獸低著頭。如同射中靶心的箭，奧丁的控訴也正中要害。牠們立刻發誓要站在眾神這邊，再也不寄望於巨人，就這樣決定了。

至於洛基呢，早在會見這些動物之前，他的命運已然注定。他說的或做的一切，都不會改變潛藏已久的命運。

斯雷普尼爾

類別：知名

所屬世界：阿斯嘉

外貌：有八條腿的巨馬，毛色鐵灰，有著白色鬃毛和一雙黑眼睛。

著名事蹟：有八條腿，儘管沒有翅膀也能飛行，屬奧丁所有。

我爸爸的媽媽

文／史丹利，斯雷普尼爾之子
（透過馬語翻譯家的翻譯）

你們多數人都認為洛基是百分之百的壞蛋，像是他永遠把天神的事搞得一團糟。其實不全然如此。有一次，她幫助奧丁和其他天神逃過一場大災難。

沒錯，我說的是「她」。洛基是我的祖母。繼續講下去之前，我會給你一點時間消化這番話。

好了嗎？好，來龍去脈是這樣的：

很久以前，有個建築工人來到阿斯嘉，提議建造一座圍牆環繞整個世界，保護眾神不受外來攻擊。他說，他可以在三個季節之內建好這道牆，而他要求弗蕾亞、太陽和月亮作為交換條件。弗蕾亞說決不，太陽和月亮也站在她這邊。然而，洛基認為這道牆是很好的主意，他說服其他神和那個人討價還價。如果建築工人能在一個季節之內完工，就可以得到他要求的事項。洛基指出，這是不可能的任務，所以弗蕾亞、太陽和月亮會很安全。眾神也會很安全，因為阿薩神族至少得到一部分的圍牆。

眾神向建築工人提出這項方案。他同意了，著手開始工作。

阿薩神族沒料到的是，那位建築工人（可能是巨人偽裝的吧）竟然有九個世界最強壯、最快速、工作最認真的駿馬來助他一臂之力。那一季即將結束時，防禦工事接近完工。弗蕾亞大崩潰，太陽和月亮也很不高興，每個人都責怪洛基。

洛基坦承自己的錯誤，著手進行補救。既然駿馬是問題所在，他得想辦法除掉牠。他變身成一匹超美的母馬，只要輕甩鬃毛調情一番，接著害羞地眨眨眼，駿馬就被電暈了。等到洛基匆匆跑向樹林，駿馬立刻緊追而上……然後就是那樣啦。

少了幫手，建築工人無法在時間截止之前完成圍牆。弗蕾亞、太陽和月亮安穩地留下來。而過了一段時間後，母馬洛基生下我爸。

所以你懂了吧？洛基不全然那麼壞啦。

耶夢加得

類別：知名

所屬世界：約頓海姆的海洋

外貌：會噴毒液的蛇。有黃色、棕色和綠色的斑駁皮膚，一雙巨大的綠眼睛，額頭有稜脊，獅子鼻，好幾排尖銳的牙齒，而且沒有腳的身體超級超級長。

著名事蹟：環繞米德加爾特，而且咬住自己的尾巴。根據預言，牠會在諸神的黃昏吃掉索爾。

音樂有魔力

文／尼奧爾德

如果耶夢加得完全清醒過來，他會猛力翻跳扭動，造成的海嘯將會吞沒整個米德加爾特的海岸線。因此，只要世界巨蟒顯得焦躁不安，我的一群英靈戰士子孫（這種時候只有他們能夠安全縱橫大海）就會衝向海洋，潛入海中到達深處，唱幾首搖籃曲給他聽。我的兒子弗雷幫忙寫出這些歌，因此曲子充滿了熟睡所需的平靜和溫暖。

這時出現有趣的插曲，在歷史上的某個時候，人類無意中聽到這些歌。他們改編那些旋律，用自己寫的歌詞取代原本的歌詞。英靈戰士可能聽過米德加爾特的版本。

弗雷的原作（米德加爾特的版本）

睡吧，睡吧，耶夢加得，（一閃，一閃，亮晶晶，）
躺到遠離陸地的海草床上。（滿天都是小星星。）
永遠睡得平靜又安穩，（掛在天上放光明，）
在米德加爾特的大海深處。（好像許多小眼睛。）
睡吧，睡吧，耶夢加得，（一閃，一閃，亮晶晶，）
窩在深邃的沙子裡。（滿天都是小星星。）

咬著你的尾巴，小耶耶，（搖啊搖，小寶寶，）
在海浪底下。（在樹梢高處。）
不需去海面。（風勢吹起）
避開太陽光。（搖籃搖曳。）
摟著海膽，（樹枝一斷）

依偎鯊魚。（搖籃墜落。）
乖乖待在下面，（而寶寶掉下去，）
黑暗中安心睡。（外加整個搖籃。）

請乖乖睡，請乖乖睡，（你睡了嗎，你睡了嗎，）
耶夢加得，耶夢加得！（約翰弟弟，約翰弟弟？）
緊緊閉著眼睛！（鬧鐘一直響！）
從早打呼到晚！（鬧鐘一直響！）
別醒來。別醒來。（叮叮咚。叮叮咚。）

芬里爾巨狼

類別：可悲到不可思議

所屬世界：林格維之島

外貌：灰黑色毛皮，體格強壯，有著獠牙和一雙藍眼睛。一般狼的正常體型，但眼神閃爍著異常的才智。

著名事蹟：駭人的凶殘野獸，被繩索「格萊普尼爾」綑綁著。只要牠掙脫繩索的束縛，就等於開啟諸神的黃昏。

我不想進行的專訪

文／斯諾里・斯圖魯松

我希望白紙黑字寫清楚，我絕對不想靠近林格維之島半步，也完全沒興趣與受困在那裡的野獸聊一聊。我沒意識到瓦爾哈拉旅館的折疊船把我丟包在那裡，發現的時候已經太遲。接下來是我們對話的逐字稿，如果有些地方顯得有點不專業，請記住，我完全沒有心理準備。

斯諾里・斯圖魯松：等一下。這裡不是諾倫貝加。

芬里爾巨狼：哈囉，斯諾里。

斯斯（一邊繞圈跑一邊尖叫）：船在哪裡？船到底在哪裡？

芬狼：很高興你路過這裡。

斯斯（頹然跪下）：神啊救救我！誰來把我從這裡救出去啊！

芬狼：我們好久沒聊了。你好嗎？

斯斯（雙手抱頭，嗚咽哭叫）：離我遠一點。我沒有話要跟你聊。

芬狼：我好傷心喔，斯諾里，真的好傷心。我本來還想說，哇，有個領主跑來看我耶。連天神都不來看我，他一定比天神更勇敢。（編註：渡鴉報告指出，這時斯諾里停止嗚咽，開始注意聆聽芬里爾巨狼說的話。）不過你跟其他人沒什麼兩樣。（拱著背，低下頭。）唉，我有什麼好在意的呢？

斯斯：我……我很抱歉。只是，嗯，我是被騙來這裡的。

芬狼（用鼻頭指指格萊普尼爾）：我也是。我們很像，你和我。

斯斯：只不過我是人類，你是狼。

芬狼：嚴格來說是這樣。不過我們真的很像，在這裡面。（束縛繩妨礙他搔搔胸口。）該死的繩索，它毀了我們之間的特殊氣氛。

斯斯（稍微靠近芬狼一點）：看起來確實很討厭。它真的很緊嗎？

芬狼：沒有像以前那麼糟，不過確實滿緊的。可是能怎麼辦呢？沒人有足夠的勇氣靠近我，把它解開。

斯斯（繼續移動得更近）：我很勇敢。你自己也這麼說。

芬狼（瞪大雙眼）：你說得對！感覺你不只勇敢，而且很聰明。不過我敢打賭，你在瓦爾哈拉一天到晚聽別人這麼說。

斯斯：噢，不像你想的那麼多。

芬狼：拜託，像你長得這麼帥的領主？那些女武神可能對你眉來眼去，就像蜜蜂繞著蜂蜜飛。

斯斯（臉紅）：沒有啦。嗯。也許有幾個人吧。

芬狼：我就知道！而且，我知道有一件事能讓她們真正對你刮目相看。你可以……哎喲，你辦不到啦。當我沒說。

斯斯：什麼事？你到底要說什麼？

芬狼：沒啦，問那種事太超過了。別提了。

斯斯：說吧，告訴我。我很堅持。

芬狼：嗯，如果你很堅持的話。我只是想啊，你是這麼聰明、勇敢、帥氣的領主，如果有人能夠找出方法解開這條繩索，那個人一定就是你。

斯斯：喔。呃，哇，我不知道該不該這樣做。我是說，眾神用繩索把你綁起來一定有個很好的理由。對吧？

芬狼：喔，當然，當然啦。假如誠實做自己是很好的理由，那就是吧。我以前是一隻愛鬧的小狗，喜歡打架和玩玩拔河遊戲，或者之後長大成為強壯且凶猛的鬥士，這些是我的錯嗎？換成在阿斯嘉，你會認為這些特質很令人激賞，不該受到懲罰。

斯斯：那是你在這裡的原因？我敢發誓……

芬狼（背過身子）：聽好了，把我剛才問的事情全部忘掉，好嗎？我以為你代表正派和公平。我看錯人了。這是我的錯。

斯斯：可是……

芬狼：我以為我們有一些共同點，我覺得你來這裡是遭到眾神的詐騙，跟我一樣。這也是我的錯。

斯斯：嗯，也許我真的可以解開一個結。

芬狼：現在我根本不希望你幫忙。

斯斯（站起來）：先生，那真是太糟了，因為我準備動手了！

芬狼：說真的，不要靠近我。

斯斯：你不能阻止我！

芬狼：我警告你喔，你再靠近一步，我不敢保證自己會做出什麼舉動！

斯斯：那麼，準備使出你最惡劣的招數吧，因為我來了！

（編註：在這一刻，渡鴉停止記錄對話。下面是渡鴉對於後續發展所提出的報告。）

渡鴉：領主顯然落入巨狼的魔咒，再往前走幾步，他就會落入巨狼之口，或更糟的是，會成功解開格萊普尼爾，釋放那頭野獸。我阻止了這種可能性，方法是對著領主猛啄一陣，解開了魔咒。

（逐字稿從這裡接續下去）

斯斯（一邊繞圈跑一邊尖叫）：**啊啊啊啊啊**！不要再啄我了！（停下來看看四周）等一下……**啊啊啊啊啊**！救我出去！

（尖叫著跑上折疊船，那艘船重新現身，真是奇蹟。）

奧提斯和馬文

名字：奧提斯（又名「坦格喬斯特」，又名「磨牙者」）和馬文（又名「坦格里斯尼爾」，又名「咬牙者」）

類別：可食

所屬世界：索爾待的地方

外貌：蓬亂的棕色毛皮，彎曲的羊角，黃眼睛。

著名事蹟：做成令人飽足的烤肉、燒肉或燉肉大餐。也負責拉動索爾的戰車。

取悅山羊的食譜

文／馬文

聽好了，笨蛋。我可沒有興趣像奧提斯去看心理醫師。如果碰到問題，我會直接一頭撞過去。而現在呢，我有問題要找你解決。我不喜歡你對待我們的方式。覺得我在開玩笑嗎？嗯，仔細想想吧，每天晚上都一樣：屠宰、烹煮、大嚼、復活，周而復始。那也沒關係。遭到屠宰是我們的命運。無所謂。不過我想知道的是，偶爾幫我們稍微調味一下，你是會死喔？一頓又一頓的晚餐都用同樣的烹煮手法，我們無聊到死了！拜託，從我們的觀點思考一下，聽我們大聲疾呼！我只要求稍微認真一點就好。以下是一些點子，連你這樣的傻瓜也可以跟著做：

水牛城嫩羊肉

把我們切成肉條。讓我們沾過牛奶，然後裹上麵包粉。用油把我們炸得兩面金黃。把我們放在紙巾上吸油。把我們移入餐盤，淋上大量的水牛城辣醬。上菜時搭配藍紋乳酪醬汁和芹菜。

羊肉派

把我們切塊，用青豆、紅蘿蔔、芹菜和羊肉高湯把我們混合在一起。開火煮滾，撈起瀝乾，然後先放置在旁邊。炒香洋蔥末和大蒜末，再把我們放進去一起炒，然後全部倒進一塊派皮裡。拿出另一塊派皮蓋上去，用侏儒的窯爐烤到表面呈現金黃色。拿湯匙將我們舀進碗裡，把我們吃掉。

羊肉凱薩沙拉或捲餅

把我們煮熟，然後切成小丁。用凱薩沙拉醬、手撕的蘿蔓生菜、帕馬森乳酪絲、麵包丁和我們一起拌勻。把我們當成沙拉端上桌，或者用捲餅包起來，很忙的時候隨時可以吃。

如果想要更多食譜，請諮詢沙赫利姆尼爾，好嗎？嘖嘖。

瓦爾哈拉旅館經理的最後叮嚀

親愛的貴客：

您閱讀這本好用指南的旅程已經接近尾聲。不過呢，您才剛要開始體驗我們這個世界。每天都有令人興奮的全新冒險等著迎接您。❺您明天會怎麼死？後天呢？大後天呢？可能的死法無窮無盡。❻

可是，您的命運也許會帶您走向不同的道路。奧丁曾經選擇您，他在您死去的時候抓住您，讓您加入他的英靈戰士行列。他也可能再次選擇您，這一次則是要離開瓦爾哈拉旅館的保護，冒險進行崇高的任務。如果他選擇您，請謹記這點：只有高手中的高手才會獲得青睞，得到這份殊榮。凱旋而歸的人會提升至更高的階層，就像古妮拉、大衛．克羅克特、好幾位艾瑞克，甚至是令人不太能理解的斯諾里．斯圖魯松這樣獲頒領主桌的榮譽席位。然而，出征失敗的人則會抱著恥辱回來……或者再也沒有回來；在瓦爾哈拉的保護之外，只有死亡等待著他們。

所以，等您把這本書放到一旁，關掉燈光，不妨問一下自己這個問題：您有沒有足夠的力量、勇氣和智慧達到更高的層次？我再次強調，您應該要好好捫心自問。要知道，如果您打電話到旅館櫃檯問我這個問題，那麼我不得不提醒您，雖然我們免費提供額外毛巾，但回答這樣的問題需要另外付費。

謝謝您，也請好好睡一覺，這樣您才能在一大早醒來，打一場光榮的戰役。❼

赫爾吉
自公元七四九年開始任職的瓦爾哈拉旅館經理

---

❺ 每日活動表公布於旅館大廳。
❻ 對於財產或身體方面的傷害，或者電梯造成的死亡事故，旅館的管理部門恕不負責。
❼ 如有需求可提供喚醒服務。請按0，再按房間號碼，以及您希望醒來的時間，就會有來自海姆達爾號角的爆炸聲響叫您起床。

北歐神話名詞解釋

女武神（**Valkyrie**）：奧丁的侍女，負責挑選陣亡英雄，帶領他們前往瓦爾哈拉。

厄特加爾的洛基（**Utgard-Loki**）：約頓海姆最有力量的魔法師，山巨人之王。

尤克特拉希爾（**Yggdrasil**）：世界之樹。

尤彌爾（**Ymir**）：最巨大的巨人，也是巨人族和眾神的祖先。他遭到奧丁與兄弟們所殺，他們用尤彌爾的身體創造出天地的一切，包括用他的肌肉創造出米德加爾特，用他的血創造大海，用他的骨頭形塑山丘，用他的頭髮創造樹木等等。這個舉動正是眾神與巨人族之間無窮仇恨的起源。

巴德爾（**Balder**）：光明之神，奧丁與弗麗嘉的第二個兒子，霍德爾的兄弟。弗麗嘉曾請求萬物誓言保護他免於傷害，卻漏掉了請求槲寄生這植物。洛基利用這點騙霍德爾以槲寄生做的箭頭射死巴德爾。

史基尼爾（**Skirnir**）：天神，弗雷的隨從與使者。

史爾特（**Surt**）：火巨人之王，掌管九個世界之一的「火焰之國」穆斯貝爾海姆。

尼奧爾德（**Njord**）：掌管船隻、水手和漁夫的天神，弗雷和弗蕾亞的父親。

尼福爾海姆（**Niflheim**）：九個世界之一，冰、霜與霧之國度，是終年雲霧繚繞的寒冷世界。

尼德威阿爾（**Nidavellir**）：九個世界之一，侏儒的國度。

尼德霍格（**Nidhogg**）：住在世界之樹根部，不斷啃咬著樹根的蛇樣巨龍。

布里希嘉曼（Brisingaman）：弗蕾亞最具代表性的一件珠寶項鍊，是由紅寶石及鑽石鑲成的絕美精品。

布洛克與辛吉（Brokkr and Sindri）：製作出雷神戰鎚的侏儒兄弟。

弗雷（Frey）：掌管春天和夏天、陽光和雨水、收穫和繁殖、生長和活力的天神。弗雷和弗蕾亞是雙胞胎，兩位天神都有驚人美貌。他是亞爾夫海姆的統治者。

弗爾克范格（Folkvanger）：華納神族英雄死後去的地方，由弗蕾亞統治。

弗蕾亞（Freya）：愛之女神，和弗雷是雙胞胎。負責掌管弗爾克范格。

弗麗嘉（Frigg）：掌管婚姻和母性的女神，奧丁的妻子，也是阿斯嘉之后。天神巴德爾與霍德爾的母親。

瓦利（Vali）：洛基的兒子，在洛基害死巴爾德後被變成狼，咬死了自己的兄弟納爾弗。

瓦爾哈拉（Valhalla）：服侍奧丁的戰士們的天堂，位於格拉希爾樹林，又稱英靈神殿。

伊登（Idun）：青春女神，負責分發永生不死的蘋果給眾神，使他們永保青春活力。

安格爾波達（Angboda）：和洛基生下芬里爾巨狼、巨蟒耶夢加得和赫爾的女巨人。

米德加爾特（Midgard）：九個世界之一，是人類居住的地方。

色斯靈尼爾（Sessrumnir）：弗蕾亞在弗爾克范格的宮殿，又稱多座位大廳。

克瓦希爾（Kvasir）：由阿薩與華納兩大神族的唾液中生出的聰明天神。

沙赫利姆尼爾（Saehrimnir）：瓦爾哈拉的一隻魔獸，每天都遭到宰殺並烹煮為晚餐，到了隔天早上又會復活；牠的肉吃起來，滋味會隨著品嘗者想吃的東西而改變。

里德史卡夫（**Hlidskjalf**）：奧丁的王座。

亞爾夫海姆（**Alfheim**）：九個世界中的「精靈之國」。

坦格喬斯特與坦格里斯尼爾（**Tanngnjóstr and Tanngrisnr**）：索爾的山羊，負責拉索爾的戰車，也供應他每日食物。牠們在被宰殺、烹煮和被吃掉之後會再復原，周而復始。

岡尼爾（**Gungnir**）：奧丁的長矛，也是他的權杖。

拉塔托斯克（**Ratatosk**）：一隻刀槍不入的松鼠，總是在世界之樹爬上爬下，在樹梢的老鷹和樹根的巨龍之間亂傳話挑撥離間。

拉雷德之樹（**Tree of Laeradr**）：聳立在瓦爾哈拉陣亡英靈宴會廳正中央的大樹，樹上住了一些永生不死的動物，分別執行不同任務。

林格維（**Lyngvi**）：遍生石南花的小島，芬里爾巨狼被天神綁縛在這裡。小島會隨著世界之樹枝條在虛空的風中搖擺而變換位置。它只在每年的第一個月圓日浮出水面。

法亞拉和吉亞拉（**Fjalar and Gjalar**）：殺了克瓦希爾的兩個凶狠

的侏儒。

舍亞吉（Thjazi）：綁架伊登的巨人。

芬里爾巨狼（Fenris wolf）：洛基與女巨人所生的無敵巨狼，強大到連眾神都會懼怕，因此將牠綁在一個小島的岩石上。他命定會在諸神的黃昏來臨時擺脫束縛。

金崙加深溝（Ginnungagap）：一道原始深淵，是所有河流的源頭，也是讓一切形貌都看不清楚的薄霧。

阿斯嘉（Asgard）：阿薩神族所屬的世界。

阿薩神族（Aesir）：戰神一族，親近人類。

洛基（Loki）：他是掌管惡作劇、魔法和詭計的天神，父母都是巨人，很擅長魔法和變形。他對阿斯嘉眾神和人類時而懷抱惡意、時而英勇無畏。因為他害死天神巴德爾，所以被奧丁懲罰用鍊子綁在三個巨石上，還在他頭上放了一隻毒蛇，不時用劇毒刺激他的臉，只要他一扭動就會引發地震。

約頓海姆（Jotunheim）：九個世界之一，巨人之國。

紅金（Red gold）：阿斯嘉和瓦爾哈拉的流通貨幣。

耶夢加得（Jormungand）：號稱世界巨蟒，洛基與女巨人所生。他的身體非常長，可以環繞整個大地。

英靈戰士（Einherjar）：在人類世界英勇死去的偉大英雄，組成奧丁麾下的永恆軍隊。他們在瓦爾哈拉接受訓練，其中最英勇的戰士將得以在世界末日來臨時加入奧丁的戰隊，對抗洛基與巨人族。

修金與穆寧（Hunginn and Muninn）：兩隻渡鴉，專替奧丁傳遞來自米德加爾特的訊息。

埃吉爾（Aegir）：深海海神與波浪之神。

埃克瑟律米爾（Eikthrymir）：住在拉德雷之樹的雄鹿，牠的角會不停噴水，供應給每個世界的每條河流。

希芙（Sif）：索爾的妻子。

格萊普尼爾（Gleipnir）：由侏儒打造的繩索，可以綑綁住芬里爾巨狼。

桑馬布蘭德（**Sumarbrander**）：弗雷的佩劍，名字的意思就是夏日之劍。

海尼爾（**Honir**）：阿薩神族的天神，相貌堂堂但反應遲鈍。阿薩與華納兩大神族戰後，他與密米爾一起，和華納神族的弗蕾亞與尼奧爾德交換人質到華納海姆。

海姆達爾（**Heimdall**）：掌管警戒與守衛的天神，也是阿斯嘉的門戶「彩虹橋」的看守者。

海德倫（**Heidrun**）：拉雷德之樹的山羊，會分泌乳汁釀出瓦爾哈拉的蜜酒。

烏勒爾（**Uller**）：發明雪鞋與射箭的天神。

納爾弗（**Narvi**）：洛基的其中一個兒子。洛基的另一個兒子瓦利在巴爾德死後，被變成狼，咬死了納爾弗。

索爾（**Thor**）：掌管雷電的天神，是眾神之父奧丁的兒子。傳說暴風雨的發生就是因為索爾駕駛巨大戰車飛越天空，而閃電則是因為他猛力投擲巨大戰鎚所產生。

馬格尼與摩迪（Magni and Modi）：索爾最愛的兒子，注定會在諸神的黃昏存活下來。

密米爾（Mimir）：阿薩神族的天神，名字的意思是「智者」。與海尼爾一起，和華納神族的弗蕾亞與尼奧爾德交換人質。華納神族不喜歡他，砍下他的頭還給奧丁。奧丁將他的頭放在魔法水井中，井水讓他存活，也讓他汲取了世界之樹的所有知識。

傑利與菲瑞基（Geri and Freki）：常伴隨在奧丁身旁的兩匹狼。

提爾（Tyr）：勇氣、律法與戰爭審判之神。他在綑綁芬里爾巨狼時被咬斷了一隻手。

斯雷普尼爾（Sleipnir）：奧丁的八腳駿馬，只有奧丁可以召喚他。他也是洛基的孩子。

斯諾里・斯圖魯松（Snorri Sturluson）：冰島歷史學家、詩人，也是《散文埃達》（*The Prose Edda*）的作者。《散文埃達》成書於十三世紀，是現今流傳北歐神話故事的經典之一。

華納海姆（**Vanaheim**）：華納神族的居所，九個世界之一。

華納神族（**Vanir**）：掌管自然物的天神神族，和精靈族群親近。

黑精靈（**Svartalf**）：雖然稱作精靈，其實是侏儒的一類。

奧丁（**Odin**）：眾神之父。他是掌管戰爭和死亡的天神，同時也掌管詩歌與智慧。用一隻眼睛交換飲取智慧井水，獲得了無比豐富的知識。他從阿斯嘉的王座可以觀察九個世界的動態。除了待在他的王座廳之外，他也會與因戰鬥而死的英雄們一起待在瓦爾哈拉。

赫爾（**Hel**）：掌管不名譽死者的女神。也是洛基與女巨人安格爾波達的孩子。

赫爾海姆（**Helheim**）：冥界，由死亡女神赫爾統治，通常年老和生病而死的死者就會來到這裡。

領主（**Thane**）：瓦爾哈拉的管理者。

諸神的黃昏（Ragnarok）：九個世界的末日或審判之日，最英勇的英靈戰士會加入奧丁的行列，挺身對抗洛基和巨人族，展開世界的最後戰役。

穆斯貝爾海姆（Muspelheim）：九個世界之一，火焰之國，火巨人與惡魔所屬之地。

諾恩三女神（Norns）：由三姐妹組成，掌控人類和眾神的命運。

霍德爾（Hod）：巴德爾的盲眼兄弟。

邁歐尼爾（Mjolnir）：索爾的鎚子。

霜巨人（Jotun）：最古老的巨人，口中吹出的氣可以將所有東西變成冰塊。

瀾恩（Ran）：海之女神，波浪之神埃吉爾的妻子。

作者簡介

雷克・萊爾頓 (Rick Riordan)

美國知名作家，最著名作品爲風靡全球的【波西傑克森】系列。因爲此系列的成功，使他成爲新一代奇幻小說大師。在完成波西與希臘天神的故事後，萊爾頓緊接著的【埃及守護神】系列改以古埃及的神靈與文化爲背景，還有以北歐神話爲背景創作的【阿斯嘉末日】系列。而【混血營英雄】與【太陽神試煉】系列則接續了【波西傑克森】的故事，並加入羅馬神話的元素。
想進一步了解雷克・萊爾頓的相關訊息，請參見他的個人網站：
www.rickriordan.com

譯者簡介

周怡伶

台灣輔仁大學新聞傳播系、英國約克大學社會學研究所畢業。廣泛關注社會人文議題，曾任職非營利組織、出版編輯及內容創作，現職書籍翻譯。譯作有《我的阿富汗筆友》、《就愛找麻煩》、《西奧律師事務所：FBI的追擊》等十餘本。

王心瑩

夜行性鴟鴞科動物，出沒於黑暗的電影院與山林田野間，偏食富含科學知識與文化厚度的書本。譯作有《我們叫它粉靈豆—Frindle》、《小狗巴克萊的金融危機》等，合譯有《你保重，我愛你》、《上場！林書豪的躍起》，並曾參與【波西傑克森】、【混血營英雄】、【阿斯嘉末日】等系列書籍之翻譯。

阿斯嘉末日

瓦爾哈拉指南

文 / 雷克．萊爾頓（Rick Riordan）
圖 / 尤麗・艾莉塔・納帕提（Yori Elita Narpati）
譯 / 周怡伶、王心瑩

主編 / 林孜懃　副主編 / 陳懿文
封面設計 / 唐壽南　內頁設計排版 / 連紫吟、曹任華
行銷企劃 / 鍾曼靈　出版一部總編輯暨總監 / 王明雪

發行人 / 王榮文
出版發行 / 遠流出版事業股份有限公司　台北市南昌路2段81號6樓
電話：(02)2392-6899　傳真：(02)2392-6658　郵撥：0189456-1
著作權顧問 / 蕭雄淋律師
輸出印刷 / 中原造像股份有限公司
□ 2018年11月1日 初版一刷

定價 / 新台幣299元 (缺頁或破損的書，請寄回更換)

ISBN 978-957-32-8377-5
ylib 遠流博識網 http://www.ylib.com　E-mail:ylib@ylib.com
遠流雷克萊爾頓奇幻櫃 http://www.facebook.com/thekanefans

For Magnus Chase: Hotel Valhalla Guide to the Norse Worlds

國家圖書館出版品預行編目 (CIP) 資料

阿斯嘉末日：瓦爾哈拉指南 / 雷克.萊爾頓 (Rick Riordan) 著；周怡伶, 王心瑩譯. -- 初版. -- 臺北市：遠流, 2018.11
面； 公分
譯自：For Magnus Chase：Hotel Valhalla guide to the Norse worlds : your introduction to deities, mythical beings & fantastic creatures
ISBN 978-957-32-8377-5（精裝）

874.57 107017175